中公文庫

うぽっぽ同心十手綴り

藪《やぶ》　雨《さめ》

坂岡　真

中央公論新社

目次

鹿角《ろっかく》落とし

一

朝餉《あさげ》を済ませると早々に、綾乃《あやの》は瞳を輝かせた。

「父上、今年も佐保之丞《さほのじょう》一座がやってきましたよ」

「先刻承知さ。初日から十日のあいだ、大入り満員で立錐《りっすい》の余地もねえらしい」

「まことですか」

「公方《くぼう》様のお膝もとで、実名の忠臣蔵を打とうって趣向だ。人気が出ねえわけがねえ」

「実名で忠臣蔵を」

「京の四条河原でも打ったことのある演目《だしもの》と聞いた。河原芝居だから洒落《しゃれ》で許される。芝居町で演《や》りゃお縄ものさ。ところが、芝居好きの江戸雀どもは黙っちゃいねえ。お上をも恐れぬ役者たちの意気込みを買い、酒菰《さかごも》をかぶせただけの小屋へ足をむける。芝居が下手だろうが、衣裳が地味だろうが、この際、どうだっていい。莚《むしろ》に座って拍手喝采を送り、すかっとした気分で小屋から出てくるって寸法だ」

「父上もご覧になりたいのでしょ」

「役目柄、そいつができねえのが口惜《くちお》しいところさ。小銀杏髷《こいちょうまげ》の黒羽織がうろついておっては、役者もやりにくかろうしな」

　綾乃は遠い目をしてみせる。

「おもいだします。去年のちょうど今頃、お腹の大きな方が担ぎこまれてまいりました」

「一座の女役者だったな。名はたしか」

「おりんさんです」

「おうそうだ、忘れもしねえ。妊婦《はらみおんな》が金瘡医《きんそうい》のところへ迷いこんできやがった。しかも、仁徳《にんとく》の御大は鱚《きす》釣りに出掛けて留守ときた。おめえがぎこちねえ手つきで、赤子を取りあげたんだっけなあ」

「父上もおろおろしながら、湯を沸《わ》かされましたね」

「あのときの赤子が、もうひとつか」

「男の子でした。どんなふうになっているんだろ」

「みてえか」

「それはもう」

「よし、おれはさっそくこれから、向両国《むこうりょうごく》の河原まで顔を出そうかとおもう。おめえはどうする」

「片づけものを済ませたら、すぐに追いかけます」

「綾乃、ひとつ頼みがある」

「なんですか」

「おれはな、一刻も早く孫の顔がみてえ」

「なにを仰《おっしゃ》います」

「おっと、孫より亭主《ていし》の顔がさきだったな」

「父上」

「へへ、怒ったか」

「とっとと、お出掛けくださいまし」

愛娘《まなむすめ》の声に押しだされ、勘兵衛《かんべえ》は八丁堀《はっちょうぼり》の自邸を飛びだした。

二

彼岸桜《ひがんざくら》の散るころに、きまって強い西風が吹く。

「花散らしか」

長尾《ながお》勘兵衛は黒羽織の襟《えり》を寄せ、眸子《まなこ》を細めた。

空はどこまでも青いのに、風だけが吠えている。

両国広小路《ひろこうじ》の盛り場には、花吹雪が舞っていた。

「おでこでん、おでこでん……」

大川を挟んだ橋むこうの河原から、陽気な囃子《はやし》が聞こえてくる。

桜染めの衣裳を纏《まと》った女たちが、鉦《かね》や太鼓を打ちならしながら踊っているのだ。

「お、ほほ、やっておるな」

勘兵衛は目尻をさげた。

きりっと締めた博多帯の背中には朱房の十手、閂差《かんぬきざ》しにした大小の柄《つか》には憲房《けんぼう》黒の左袖をちょんと載せている。小太りで手足は短いものの、身幅の狭い裾《すそ》を割って歩むすがたは粋《いき》だ。

綾乃に勧められ、ためしに鬢《びん》を染めてみた。そのせいで、五十四の年齢よりはずいぶん若くみえる。

「河原芝居だぜ、行ってみよう」

「よしきた」

鳶《とび》の二人連れが、尻端折《しりっぱしょ》りで大橋を駆けてゆく。

勘兵衛は、遠ざかる二人の背中を追った。

両国と本所を結ぶ大橋の長さは、百間《けん》を優に超える。行き交うひとの数は多い。人の流れはあきらかに、東詰めの向両国へむかっていた。

「おや」

勘兵衛は、橋の途中で足を止めた。

男の子がひとり、欄干から身を乗りだしている。

どうやら、飛びおりる気はないらしい。
十二、三であろうか、横顔はまだ幼い。
若衆髷を結っているが、侍の子ではなさそうだ。

肌は透きとおるほど白く、唇《くち》もとはやけに赤い。

おもいつめた表情で、河原の芝居小屋をみつめている。

物憂げで、悲しげな眼差し。

勘兵衛は、惹《ひ》きつけられた。

あまりの美しさに見惚《みと》れ、つい、声を掛けそびれた。

男の子は欄干から離れ、俯《うつむ》いたまま脇を擦《す》りぬけてゆく。

芳香が匂いたった。

陰間《かげま》か。

それと気づいたときには、男の子の影はない。人混みに紛れてしまった。

女たちの陽気な唄が、耳に甦《よみがえ》ってくる。

勘兵衛は歩みはじめた。

「……おででこでん、おででこでん。風よ吹け吹け憂さ吹きとばせ、おででこ芝居にござ候。音に聞こえた三座の名題《なだい》、大立者《おおだてもの》はおりやせぬ。櫓《やぐら》、引幕は言うにおよばず、枡《ます》も桟《さ》敷《じき》もございませぬゆえ、おあしは安うございまする。百日興行にあやかって百文ぽっきり、百文の木戸銭にて女芝居を心行くまでご賞翫《しょうがん》あれ。演目は猫目のごとく替わりまするが、本日一番は言わずと知れた忠臣蔵。官許の櫓もなかりせば、お上を恐れることもなし。隅から隅まで実名による実録物、女忠臣蔵にござ候」

よく通る声で口上を述べるのは、女座長であろう。

髪を男髷に結い、顔に白粉《おしろい》を壁と塗り、裾を捲《めく》っては赤い襦袢《じゅばん》をちらつかせ、客のすけべ心を擽《くすぐ》っている。

莚旗と見紛う幟《のぼり》には「緒川《おがわ》佐保之丞一座」とあった。

百日《おでこ》芝居を打っているのは、女たちだけの一座である。宮地芝居を取りしきる寺社奉行に願いでたところで、浅草寺《せんそうじ》や湯島《ゆしま》天神といった著名な寺社境内での興行は認可されない。

女であるがゆえの仕打ちだった。白い肌をちらりとみせただけでも「不埒《ふらち》なり」と、坊主や神主に強意見《こわいけん》される。ゆえに、女芝居は橋詰め下の河原で打つものと相場はきまっていた。

肝心の芝居小屋は、中心に大黒柱を立て、四隅に据えた丸太に酒菰を繋《つな》いで張っただけの粗末さ。厠《かわや》にしても古桶《おけ》が地面に埋めてあるだけだ。勘亭流の大文字で書かれた名題看板もなければ、大入提灯も見当たらず、芝居町の二丁町《にちょうまち》（堺町、葺屋《ふきや》町）に鎮座する中村座や市村座のごとき華やかさは微塵《みじん》もない。

しかし、河原芝居には何事にも縛られない気楽な雰囲気がある。江戸庶民にとって、気楽さこそは得難いものだ。日頃から窮屈な倹約令に縛られた身にしてみれば、しきたりにうるさい三座の芝居よりも、勝手気儘《きまま》に楽しめる河原芝居を観たくなるときもあるだろう。

しかも、京洛の四条河原でも打たれるという女芝居には雅《みやび》があった。安い木戸銭で極上の諸白《もろはく》を堪能するようなものだと、賛辞をおくる者も多い。

口上にあった「おでてこ」とは、木偶《でく》人形のことだ。みずからを芝居もろくにできぬ木偶人形と卑下しつつも、軽やかに舞う女たちは五体にしたたかな生命力を漲《みなぎ》らせている。

強風に煽《あお》られた酒菰には、江戸の地酒を代表する剣菱《けんびし》の紋が書かれていた。

丸太はぎしぎし軋《きし》みあげ、いかにも危なっかしいつくりの芝居小屋だが、予想どおり、客の入りは相当なものだ。

勘兵衛は大橋を渡り、土手を駆けおりた。

踊子たちは楽屋裏に引っこみ、芝居の仕度にはいっている。

外周をゆっくり巡り、支柱に縄腐れがないかどうか、ひととおり調べてみた。

「ふむ、まあよかろう」

案じられるのは強風だが、芝居を中止させるほどでもない。

無闇に中止させれば、一座の糧を奪うことになる。もちろん、まんがいちのことを優先すべきだが、まだそのときではなかろう。

酒菰を捲ると、正面に楕円《だえん》の舞台が設置されており、舞台際の席だけが一段高いつくりになっていた。

客席はおもったよりも広く、鮨《すし》詰めに詰めれば五百人からの客も呑みこめそうだ。

天井は莚で覆われているものの、露天のようなものなので雨が降ったら逃げ場はない。舞台前部に垂れた緞帳《どんちょう》は、紺、柿、緑の三色で堅縫いされ、禁じられているはずの花道やせりらしきものも見受けられた。

舞台裏は戸板で仕切られ、楽屋もちゃんとある。

勘兵衛はいったん外に出て裏手へまわり、剣菱紋の酒菰を捲った。

「よう」

気軽に声を掛けると、鏡台のまえに座った女役者が振りむいた。

化粧が厚いので、誰かはわからぬ。左腕に抱いた子に乳を飲ませつつ、右手で頬や首筋に白粉を塗っている。

「驚かしてわりいな。おっと、挨拶《あいさつ》はいらねえ。別に用事はねえんだ。そのまんま仕度をつづけてくれ」

勘兵衛は福々しい顔で、にかっと微笑《ほほえ》んだ。

相手が八丁堀の同心とわかっても、警戒する様子は微塵もない。

乳飲み子は実った乳房にしゃぶりつき、ちゅうちゅう音を起《た》てている。

「男の子かね」

「はい、父《てて》無しっ子です」

「そいつは、てえへんだな」

「いいえ、ちっとも。一座には二十人からの女役者がおりますけど、ほとんど子持ちでしてね。子どもたちはひとりのこらず、父無しっ子なんですよ」

しかも、自分たちの子だけでなく、興行の行く先々で捨て子を拾い、分け隔てなく育てているという。

「偉いな」

芯から、そうおもった。

勘兵衛は、双親の顔を知らない。他界した養父母のはなしでは、亀戸《かめいど》天神の鳥居の根元に捨てられていたという。宮司に拾われ、風烈廻り同心を務める長尾家の養子に貰われたのだ。心根の優しい同心夫婦は勘兵衛を一人前の男に育て、住む家と働く場所を遺してくれた。

「十三をかしらに、ぜんぶで三十人の子がおります」

「それなら、淋しかねえな」

「ええ」

「おめえの役は」

「堀部《ほりべ》安兵衛《やすべえ》ですよ」

「はは、おっかさんが堀部安兵衛なら心配はいらねえ。その子は強く育つだろうさ」

「勘太郎っていいます」

「え」

「どうかなされましたか」

「いやなに、一年めえのはなしだ。若《わけ》え女役者がひとり、おれんとこに間借りしている金瘡医のところに駆けこんできてな」

「あ、もしや、うぽっぽの旦那ですか」

「おう、そうだ。おめえ、おりんか」

「はい。お久しぶりにござります。御恩を受けた旦那とはつゆ知らず、とんだご無礼を」

「そいつは無理もねえや。あんときのおめえは、てえへんだったからな」

「ご覧になってください。旦那のお名前から一字を頂戴した子ですよ」

　女は目に涙を溜め、ことばに詰まった。

「どうしたい、泣くことはねえじゃねえか」

「おかげさまで、ここまで無事に育ちました」

「ふふ、可愛い子じゃねえか。おれも嬉しいぜ」

「あの、お嬢さまは」

「勘太郎の顔を拝みにくるはずだ」

「こちらから伺わねばならないところを、すみません」

「気にすることはねえさ。それよか、芝居の台詞《せりふ》を忘れるんじゃねえぞ」

「はい」

「困ったことがあったら、南茅場《みなみかやば》町の大番屋を訪ねてきな」

「ご丁寧にありがとう存じます。あの、座長の佐保之丞をお呼びいたしましょうか」

「いいんだよ。もうすぐ幕があがる」

がんばっている連中をみると、つい、声を掛けたくなってくる。

貧乏でも真摯《しんし》に生きている者を、勘兵衛は応援せずにはいられなかった。

悪党に縄を打つだけが十手持ちの役目ではない。市井のひとびとに声を掛けてまわるのも、臨時廻りのだいじな役目だ。

「旦那、ほら、勘太郎が笑っていますよ」

「お、気に入られたかな、どれ」

林檎《りんご》のようなほっぺたを突《つ》っついてやると、勘太郎は手足をばたつかせて喜んだ。

「爺だぞ、ほれ、爺だぞ」

「うふふ、この子、ほんとに旦那が好きみたい」

「よし、また来るぞ。こんどは土産《みやげ》を買ってきてやろう。でんでん太鼓がよいかな、それとも、風車がよいかな」

去りがたいおもいを抱きつつ、勘兵衛は酒菰を捲った。

三

上機嫌な顔で外に出て、ふと、芝居小屋の表口をみやれば、鶏《とり》がらのような老人が蹲《うずくま》っている。

客に木戸銭をせがむわけでも、物を乞うわけでもない。生きているのか、死んでいるのかもわからず、路傍《ろぼう》に捨てられた石仏のように、蓬髪《ほうはつ》を風に靡《なび》かせている。

知らぬ顔ではない。盛り場でたまに目にする砂絵師だ。

名はたしか、孫八《まごはち》というたか。

ひねくれ者で客とよく口論をしていたが、辰砂《しんしゃ》で描かれた達磨《だるま》はなかなかに迫力があった。

この強風では砂絵も描けまい。

近づくと、孫八は眠たそうな目をむけた。

肌はあおぐろく、口唇はひびわれている。

小銀杏髷の臨時廻りを目にしたところで、格別な関心もしめさない。

抛《ほう》っておいたら、野垂れ死にしかねぬな。

そんな危うさもある。

「どうしたい、木戸芸者の真似かね」

戯《おど》けた調子で声を掛けると、存外にしっかりした返答が戻ってきた。

「風を避けておりやす」

「なるほど、風は天敵だな。おめえ、砂絵師だろう」

「へえ」

「それにしても、強《つえ》え風だ」

「まったくで」

孫八は垢《あか》じみた襟を寄せ、恨めしげに宙を睨《にら》む。

「ろっかく落としだな、こりゃ」

「ろっかく、なんだそいつは」

「鹿の角を落とすほどの風だってことでさあ。あっしの生まれ故郷じゃ、春の疾風《はやて》をそう呼ぶので」

「生まれ故郷はどこだね」

「周防《すおう》の岩国。へへ、もう何十年も帰《け》えっておりやせんがね」

「岩国といえば、錦帯橋《きんたいきょう》か」

「よくご存じで」

孫八は遠くをみつめた。

噂には聞いたことがある。錦帯橋は岩国藩を治めた吉川広嘉《きっかわひろよし》（第三代藩主）の命で架けられた。五連の流麗な反《そ》り橋を想像しながら、勘兵衛は芝居小屋に目を遣った。

「ところで、女芝居の評判はどうだ」

「大入袋が出る勢いで」

「ほう」

百日興行と銘打ってはいるものの、河原芝居は弥生《やよい》の晦日《みそか》に千秋楽《せんしゅうらく》を迎える。彼岸桜が咲いたころにはじまり、最後の八重桜が散りきったころに仕舞いとなる。

たいていの客は芝居を観にくるのではなく、目の保養にやってくる。あわよくば女役者と懇《ねんご》ろになり、一夜の夢をみさせてほしいと、そんなふうに願う不心得者もいた。

どんな客であろうと、木戸銭を払ってくれる客は神様である。一座の人気は十日経っても衰えを知らず、鰻《うなぎ》登りの勢いだった。不景気の煽りを受け、幕府公認の三座では閑古《かんこ》鳥《どり》が鳴いているというのに、女芝居は連日の大入り札止めらしい。

「二丁町のほうからは、溜息《ためいき》が聞こえてきやすよ」

「それほどのものか」

「芝居もそれなりにおもしれえ。高《たけ》え給金を貰っておきながら、ろくでもねえ見得を切る役者よりゃ数段ましだってね、そんな評判も聞こえてきまさあ」

女芝居にかぎらず、親しみやすい小芝居の人気は根強い。

三座では客の入りに影響が出てくると、櫓主が官許の御旗を偉そうに掲げ、何かにつけて難癖をつけた。小芝居の小屋から引幕も花道も取りあげ、木戸銭の上前まではねている。双方の確執には根深いものがあった。佐保之丞一座も例外ではなく、陰に日向に嫌がらせを受けてきたという。

「旦那もご覧なされ。座長の佐保之丞演じる大石内蔵助《くらのすけ》は、それは艶《あで》やかな立ち姿でやすよ」

孫八は乱杭歯を剝《む》き、誇らしげに胸を張る。

「雛《ひな》祭り興行にゃ、五百人からの客が集まることでやしょう」

「そいつはすごいな」

三座においても、雛祭りの三日は弥生興行の初日に当たる。

「敵さんも今時分は、やきもきしているにちげえねえ。客が集まらねえとなりゃ、櫓主は尻尾《しっぽ》を巻いて夜逃げするしかねえ。胴欲な金主《きんしゅ》の顔も蒼褪《あおざ》める。それをおもうと、何やら嬉しくなってきやしてね」

「他人の不幸を喜んではいかんな」

「金持ちの困った顔をみるのが、あっしにとっちゃ唯一の楽しみ。へへ、ひねくれておりやすでしょ。ねえ、うぽっぽの旦那」

「なんだ、おれのことを知っていたのか」

「知らねえはずがありやせんや。誰からも袖の下を受けとらねえ。奇特な旦那のことを知らねえ野郎は、もぐりでさあ」

たしかに「袖の下を拒む不浄役人」ほど珍しいものはない。あり得ないものの番付表にも、西の大関で載っている。東の大関は「仲の良い姑《しゅうとめ》と嫁」だ。

が、袖の下や目こぼし料を拒む役人は、巷間《こうかん》で尊敬されるどころか、たいていは役立たずのお人好《ひとよ》しとみなされる。奉行所内では上役に煙たがられ、同僚や後輩には腑抜けあつかいされかねない。鯉《こい》に胡椒《こしょう》が敵薬《てきやく》であるように、不浄役人と清廉さは相容れない関係にあった。

「袖の下を受けとらぬかわりに、自慢じゃねえが、手柄をあげたこともなくてな」

「手柄が欲しくねえんですかい」

「欲しくねえな」

出世欲はなく、ぎらぎらした眸子で獲物を追いつめる気迫も足りない。

あっさりした茶漬けのような男だと、上役や同僚にはよくからかわれる。

「茶漬けか、そりゃいい」

「日がな一日、歩いてまわるしか能のねえ男さ。だから、うぽっぽなのよ」

うぽっぽとは、浮かれて遊びあるく暢気《のんき》者のことをいう。あまり良い意味では使われない。だが、辻や路地裏で「うぽっぽの旦那」と声を掛けられているうちに、親しみも湧《わ》いてきた。愛称とはそういうものだ。

「誰に何と陰口を叩《たた》かれようが、旦那はどこ吹く風。飄々《ひょうひょう》としていなさるようにみえやすがね」

「三十年も廻り方をやってりゃ、図々しくもなってくる。今の世の中、あいかわらず腹の立つことは多いが、なるたけ笑ってごまかすように心懸けているのさ」

笑った顔が微笑仏《みしょうぶつ》のようだと褒められ、九尺店《くしゃくだな》の嬶《かか》ァたちにはけっこう人気があった。

「この丸顔、みているだけで安心するらしい」

勘兵衛は朗らかに笑い、孫八のそばを離れた。

綾乃はまだ来ない。どうしちまったのか。

土手下まで歩をすすめ、ふと、振りむいた。

砂絵師の姿はなく、風にさらわれてしまったかのようだ。

芝居小屋は強風にさらされ、辛そうな悲鳴をあげている。

にわかに湧きあがった黒雲が蒼天を覆い、河原は夕暮れのように暗くなった。

四

夕刻、惨事が起こった。

佐保之丞一座の芝居小屋が倒壊し、多数の死傷者を出したというのだ。

駆けこんできた小者の報告によれば、強風と縄腐れによる倒壊らしい。

「縄腐れだと、莫迦《ばか》な」

勘兵衛は取るものも取りあえず、南茅場町の大番屋を飛びだした。

心臓が早鐘を打っている。

なぜ、未然に防ぐことができなかったのか。

こんなことになるなら、無理にでも芝居を止めさせておけばよかった。

そうしなかった責めを痛感しながら、日本橋から両国まで喘《あえ》ぐように駆けつづけた。

日没となり、商家の軒先に灯がともりはじめた。

騒然とする両国広小路を突っきり、大橋の西詰めまで来てみると、橋向こうの河原に篝火《かがりび》が点々とならんでいる。昨夜までは夜桜を妖しげに照らす花篝《はなかがり》だったが、今宵は倒壊の惨状を映しだす炎でしかない。

皮肉なことに、あれほどの強風が鎮《おさ》まっていた。

河原からは囃子ではなく、啜《すす》り泣きが聞こえてくる。

勘兵衛は重たい足を引きずり、大橋を渡りはじめた。

そこへ、白髪《しらが》交じりの岡っ引きが駆けてきた。

「銀次《ぎんじ》か」

すっぽんの異名をもつ五十男は、御用向きのことから庭の手入れまで頼みもしないのに何でもやってくれる。芝居町で女房のおしまにやらせている「福之湯《ふくのゆ》」は、勘兵衛行きつけの銭湯だ。老練な手管には定評があり、十手持ちのあいだでは一目も二目もおかれている。

銀次は橋の途中で足を止め、肩で息をしはじめた。

年甲斐もなく突っ走れば、息が切れるにきまっている。

「銀次、落ちつけ」

「へ、へい」

「河原の様子はどうだ」

「死人がひとり、怪我人は二十人余り」

いずれも、女役者と子どもたちらしい。倒壊は興行がはねた直後だったので、見物客に怪我人は出なかった。

「それが不幸中の幸いか」

「金瘡医が足りてねえ様子なので、仁徳先生と綾乃さまのところに遣いを出させていただきやした」

「ふむ、わかった」

「ただ、河原は本所廻りが仕切っておりやしてね、文七《ぶんしち》のやつが偉そうに片付けの指示を出しておりやす」

「面倒だな」

「へい」

本所廻りの宍戸《ししど》馨之介《けいのすけ》は勘兵衛と同年輩、高慢で癖の強い同心だ。一方、腰巾着《こしぎんちゃく》の文七は本所に精通した狡猾《こうかつ》な岡っ引き、びんぞりの異名で知られている。本所廻りは何かと役得が多いため、縄張り意識も強い。勘兵衛が顔を出せば、ひと悶着あることは目にみえていた。

銀次と肩をならべ、東詰めにむかった。

「銀次よ、逝《い》っちまったのは子どもか」

「いいえ、女役者でやすよ。可哀相に、乳飲み子を抱いたまま、丸太の下敷きになったそうで」

「乳飲み子を」

「へい。母親が身代わりになったらしいんで」

嫌な予感がした。

「ほとけの名は」

「おりん、女忠臣蔵で堀部安兵衛を演じていたとか」

勘兵衛は、ことばを失った。

悲運を呪いたくなってくる。

ふたりは土手を下り、篝火のひとつに近づいた。

薄暗い河原を見渡せば、生々しい惨状が迫ってくる。

木材や酒菰、鬘《かつら》や衣裳などが散乱するなか、行き場を失った女役者と幼子たちがひとかたまりになって泣いている。血だらけで莚に寝そべる者、放心した顔で炎をみつめる者、憑《つ》かれたように木切れを片付ける者もあった。

勘兵衛は拳を固め、奥歯を嚙《か》みしめた。

芝居を中止させなかったのは、やはり、自分の落ち度だ。

「くそっ」

今さら悔やんだところで、死んだ者は還ってこない。

「こら、うぽっぽ」

突如《とつじょ》、宍戸の声が響いた。

肩を怒らせ、鼬《いたち》顔の文七ともども近寄ってくる。

「てめえ、何の用だ。縄張りを荒らそうってのか」

「そんな気はない。一座に顔見知りがおってな」

「誰でえ、そいつは」

「ほとけだよ」

「おりんとかいう女か」

「亡骸《なきがら》は」

「あそこだ」

宍戸は汀《みぎわ》にむかって、面倒臭そうに顎《あご》をしゃくった。

「拝ましてもらう」

「拝んだら、とっとと失せやがれ」

「急《せ》かすな、おぬしに迷惑は掛けぬ」

「うすのろめ、てめえをみていると、むかついてしょうがねえ。すっぽん、おめえもだ。金輪際、おれの縄張りでちょろちょろするんじゃねえぞ」

銀次は水をむけられ、仏頂面をつくった。

文七は十手を弄《もてあそ》びながら、さも面白そうに眺めている。

勘兵衛は篝火から離れ、黒い水を湛えた大川の汀へむかった。

ほとけの寝かされた莚の脇では、乳飲み子を抱えた女が俯いている。

じっと目を瞑《つむ》り、一心不乱に念仏を唱えているのだ。

儚《はかな》げな後ろ姿が、亡くなったおりんによく似ていた。

「おりん、なのか」

名を漏らすと念仏は歇《や》み、女が首を捻《ひね》った。

泣き腫《は》らした目で睨みつけられ、勘兵衛はたじろいだ。

銀次がすかさず、助け船を出す。

「ちょびっと、ほとけの顔を拝ましてくんねえか」

女は、すっと場所を空けた。

仰向けのほとけは、安らかな顔をしている。

おりんの素顔はまだあどけなかった。咲いたばかりの命が散ったのかとおもえば、口惜しさはいっそう募る。

「南無……」

勘兵衛は瞑目《めいもく》し、経を唱えた。

「うぽっぽの旦那、お久しぶりにございます」

かたわらで、女がそっと囁《ささや》いた。

「おさほか」

「はい」

一座をとりまとめる座長であった。

「一年ぶりだな」

「ご挨拶にもお伺いできず、申し訳ございません」

「それどころではあるまい」

「わざわざ、楽屋にいらしていただいたそうで。妹は喜んでおりました」

「妹」

「はい、おりんは血を分けた、たったひとりの妹です」

　年は十九の本厄であった。

「そうだったのか」

　姉妹は奥州の貧しい百姓家に生まれ、幼い頃、口減らしのために身を売られた。関八《かんはっ》州《しゅう》の遊女屋を転々としながら、ともに辛酸を舐《な》めつくし、いっそふたりで死んでしまおうと入水《じゅすい》をはかったものの、死ねずに生きのこった。

　ものも食わずに逃げまわり、野垂れ死にしかけたところを先代の座長に救われ、一座とともに旅から旅の浮き草暮らし。ここにきてようやく生活《たつき》の道ができかけたやさき、不幸に見舞われてしまった。

「かえすがえすも口惜しい。ただ、忘れ形見の勘太郎が生きていてくれただけでも、感謝しなくてはなりません」

　勘太郎の寝顔を覗《のぞ》いてみる。

「なにも知らずに、ぐっすり眠っておるわ」

「かえって、それが悲しいのでござります」

「妹は菩薩《ぼさつ》だ。我が子のために命を擲《なげう》つ母ほど、尊いものはない」

おさほはしゃくりあげた。

「泣くがいい。涙はほとけの供養になる」

ひとしきり泣いたあと、女座長は唇もとを引きしめた。

「何か言いたいことでもあるのか。遠慮はいらぬぞ」

「じつは、これを」

「縄か」

「はい、大黒柱を縛っていた麻縄にござります。切り口をご覧くださいまし」

「どれ」

手に取って眺めると、鋭利な刃物で断った切り口だとわかった。

肩越しに覗いていた銀次が、唸《うな》るように吐きすてる。

「旦那、こいつは縄腐れなんかじゃありやせんぜ」

「ふむ」

何者かの仕業だとすれば、おさほにも心当たりがあるかもしれない。

「再三、脅されておりました。芝居を止めねば、小屋に火を付けるぞと」

「誰に」

「たちのわるい半端者です。三人おりました。素姓はわかりません」

「そのこと、本所廻りには喋《しゃべ》ったか」

「いいえ、本所廻りの旦那方には、いつも法外な袖の下をせがまれます。ご相談申しあげたところで、埒はあきません」

「賢明だな」

「うぽっぽの旦那、身勝手なお願いですが、お調べいただけませんでしょうか。このままでは、死んだ妹が浮かばれません」

「できるだけのことはしよう」

勘兵衛があっさり受けたので、銀次は驚いた顔をした。

いつもなら、この種の頼みを安請けあいしない。勘兵衛が慈善の安売りを嫌う同心であることを知っているからだ。

おさほは乳飲み子を抱いたまま、ぺこりと頭をさげた。

「かたじけのう存じます」

「ところで、興行はどうする」

まさか、つづける気はあるまいとおもいつつも、尋ねてみた。

すると、意外な応えが返ってきた。

「小屋を建てなおし、芝居をつづける所存です。芝居を止めたら、途端に食えなくなる。

わたしら女は、春をひさぐしかなくなるんです」

ばらばらになったら生きてやいけない。子どもたちも路頭に迷い、野垂れ死にするしかなくなる。たとい、お上に止めろと命じられても、芝居を止めるわけにはいかないと、女座長は吐きすてる。

「それに……」

おさほは妹の死に顔をみつめ、深々と溜息を吐いた。

「……弥生三日は三座の初日、その日がおりんの初七日にあたります。石に齧《かじ》りついてでも法要芝居を打ちたい。それが、わたしらの願いなんです」

銭儲けだけではない。

河原者には河原者の意地がある。

勘兵衛は胸を打たれた。

銀次もしきりに頷《うなず》いている。

「それにしても」

もういちど、麻縄の切り口をみつめてみた。

これだけでは白洲で通用する証しにはならない。おさほが細工したかもしれぬとみなされるからだ。

もちろん、勘兵衛はそうみていない。自分の目で縄腐れのなかったことは確認済みだ。しかし、臨時廻りひとりがいくらがんばっても、吟味を司る鬼与力の心を動かすことはできまい。

「証人がいりやすね」

ぼそりと、銀次がこぼした。

五

翌日、客のなかに下手人をみた者はいないかと、朝から足を棒にして歩きまわった。だが、これといった収穫は得られなかった。一座を脅していた半端者の正体もわからず、行く手には霧が立ちこめている。

勘兵衛は八丁堀の地蔵橋《じぞうばし》に佇《たたず》み、茜《あかね》色の雲に入る渡り鳥の群れを見送った。雁《かり》、鴨《かも》、そして鶴、北の故郷に帰る鳥たちを、もう何羽見送ったことか。

溜息を吐きながら橋を渡り、同心組屋敷の一角にある我が家へむかう。

百坪足らずの平屋は、満天星《どうだん》の垣根に囲まれていた。陽当たりの良い中庭には四季折々に色づく花木が植えられ、御用聞きは開けはなちの簀戸門《すどもん》から勝手にはいってきた。

表店《おもてだな》は井上《いのうえ》仁徳の治療場、夜更けでも怪我人が担ぎこまれてくる。騒がしいうえに、血腥《ちなまぐさ》い。

だからといって、頑固者の間借人を追いだすわけにはいかない。なにせ、綾乃が産まれる以前から、仁徳は表店で患者を治療してきた。しかも、今と変わらぬ白髪に白い口髭《くちひげ》を生やし、無遠慮な口調で毒を吐いていたのだ。

口のわるさは天下一品だが、所見の正確さには定評がある。長年、斬殺死体や水死体の検屍にも関わってきた。煙たがる役人も多いが、重宝がられてもいる。手柄は数知れず、それだけに鼻息も荒い。

綾乃は医術に興味をもっており、ある程度の知識もあった。仁徳は「好きな道を選ばせろ」と言うが、勘兵衛にその気はない。二十一にもなったことだし、一日でも早く良縁に恵まれ、立派な若者のもとへ嫁いでほしいと願っている。

屋敷に戻ってみると、綾乃は買いだしに出掛けており、仁徳だけが縁側で味噌《みそ》を舐めながら燗酒《かんざけ》を呑んでいた。

「おう、帰ったか。ほれ、一杯飲《や》れ」

「はあ」

勘兵衛は羽織も脱がず、注がれた酒をひょいと呷《あお》った。

熱いものが胃袋に滲《し》みこんでゆく。

「剣菱ですな」

「そうじゃ。腰を治療してやった茶屋の主人《あるじ》が携えてきおったのさ」

「ほう」

「ただの茶屋ではないぞ」

「と、言うと」

「芳町《よしちょう》の陰間茶屋よ。主人の名を聞きたいか」

「ええ」

「辻村貞次郎《つじむらさだじろう》」

「三座の立女形《たておやま》とおなじ名ですな」

「本人さ」

千両役者である。女形をやらせたら当代一、そのくせ門閥に属さないため、出演依頼は引きも切らないとか。

芝居町にほど近い芳町には陰間茶屋が所狭しと並び、男色をひさぐ美少年たちが百人余りも揃っていた。芝居一座と縁のある陰間は色子《いろこ》などとも呼ばれ、色子出身の女形で大成した者のなかには、みずから資金を出して陰間茶屋を経営する者もあった。稀有《けう》な例ではない。

「かの千両役者、理由は言わぬが、ぎっくり腰になりおってな。弥生興行の初日も近づいたことだし、世間に知れたらまずいことになる。客の入りに響くとかで隠密裡《り》に治してほしいと頼みこんできたのよ」

「それで、わざわざ」

仁徳は刀傷を縫合する金瘡医だが、知る人ぞ知る鍼《はり》治療の名人でもあった。

辻村貞次郎はたった三度の治療でほぼ完治し、しきりに感謝していたという。

「剣菱を担いできたのは三日前じゃ。何の因果か昨晩は、河原芝居の連中の治療に駆りだされた。気づいたら、東の空が白んでおったぞ」

「ごくろうさまでした」

「綾乃に言え。わしなんぞより、よっぽど役に立ってくれたわ」

一座に女と子どもが多かったわりに、重傷者は出なかったらしい。

「不幸中の幸いじゃ。おりんという座長の妹をのぞけばな」

「おりんの子は、綾乃が取りあげたのですよ」

「勘太郎というらしいの。綾乃は泣きながら、あやしておったぞ」

「そうですか」

「銀次に聞いたが、おぬし、女座長に頼まれ、下手人を挙げてみせると胸を叩いたらしいの」

「ええ、まあ」

「おぬしらしくないではないか。昼行灯《あんどん》のうぽっぽが、なんでそこまで本気になる」

「真相が知りたくなりましてね」

「阿呆《あほう》な本所廻りに任せてはおけぬか。宍戸の莫迦、縄腐れによる倒壊ときめつけよったぞ」

「縄腐れがなかったことは、この目で確かめましたよ」

「どこぞの悪党がやらせたんだろう。幸少ない女や子どもたちが、何者かの手で不幸のどん底に突きおとされた。おぬしにゃ、それが許せぬというわけか。ふん、安い同情は禁物じゃぞ。真相を見誤りかねぬからの。不幸なのは女芝居の連中だけではない。人間はみんな、何かしら不幸を抱えて生きておる。おぬしにしてからが、そうであろう。双親に捨てられ、恋女房にも捨てられた。考えてみりゃ、きわめつけの不幸者じゃ」

「静《しず》のはなしはやめてください。少なくとも、綾乃のまえでは」

「わかっておるさ」

綾乃は母の顔を知らない。一歳になった年の暮れ、静は書き置きを残し、失踪してしまったのだ。

失踪の理由もわからぬまま、勘兵衛は死に物狂いで静を捜した。

が、行方は杳《よう》として知れず、二十年近くも経った昨夏、静らしき女が江戸へあらわれた。小夜《さよ》と名を変えてはいたものの、あれは静であったにちがいない。記憶を無くし、安芸《あき》の尾道《おのみち》で鬼灯《ほおずき》の惣五郎《そうごろう》という極悪人に拾われたのだ。

文月《ふづき》二十六夜、高輪《たかなわ》の船宿で邂逅《かいこう》できるものと期待した。

期待どおり、静は色比丘尼《いろびくに》の操る小舟であらわれた。

だが、小舟は浜へ近寄らず、沖に消えてしまった。

あれは幻影ではなかったと、今でも信じている。邂逅できずに終わったが、勘兵衛は静が生きていると知り、神仏に感謝したくなった。

「邂逅してどうなる。捨てられた理由を質《ただ》すのか。それからどうする。綾乃にはどう説明するのだ。いまさら、三人で新しい暮らしができるのか。わるいことは言わぬ、逃げた女房のことなぞ忘れてしまえ。どうしても女房が欲しいなら、浮瀬《うかむせ》の女将《おかみ》を娶《めと》ってやれ。おふうはな、おぬしに惚《ほ》れておる。もう何年もまえからじゃ。おふうの気持ちも汲みとってやらぬか」

仁徳は酒のちからも借りて、くどくど文句を垂れつづけた。

綾乃を捨てた母を、どうあっても許すことができないのだ。

昨日、おりんは乳飲み子を守って命を落とした。そのこともあって、なおさら、子を捨てた母のことが許せぬ心境なのだろう。

勘兵衛の気持ちはちがう。

静に逢いたかった。帰ってきてほしい。

腹を痛めた子を捨ててまで消えてしまわねばならぬ事情が、あのときの静にはあったのだ。

どのような事情があったにせよ、記憶を取りもどして帰ってきてほしい。

いや、記憶を無くしたままでもいい。かえって、そのほうがよいかもしれぬ。

綾乃も、きっとわかってくれるはずだ。

——わたしは、産んでくれた母さまに恨みなど抱いていない。

面と向かって、そのことを伝えたいのだと、泣きながら告げてくれたこともあった。

仁徳の気持ちはわかる。ありがたいとおもう。

だが、静のことだけは、触れずにそっとしておいてほしい。

勘兵衛は仁徳の盃に酒を注ぎ、強引に話題を変えた。

「こたびの一件、どうおもわれます」

「なにが」

「一座は脅されていたそうです。芝居小屋をたたまねば、どうなっても知らぬと」

「そいつらさ。河原芝居の盛況で損をする連中が、縄を切らせたのじゃ」

「たとえば、どんな連中です」

「きまっておろうが。三座の弥生興行に関わっておる連中じゃ。ぎっくり腰になった立女形とかな」

「辻村貞次郎ですか、まさか」

「ないはなしではないぞ。中村座の弥生興行で、伽羅先代萩《めいぼくせんだいはぎ》の政岡《まさおか》を演るらしい」

「ほう」

弥生は御殿女中の宿下がりもあることなので、芝居町ではかならず奥女中ものを上演する。なかでも、伊達《だて》家仙台藩の御家騒動に主題をおいた伽羅先代萩は、人口に膾炙《かいしゃ》した演目にほかならない。

乳母の政岡が妖術遣いの悪人から若君を守るべく、我が子を毒味役に仕立てて犠牲にする。悪人のまえでは平静を装いつつも、独りになってから我が子の死を嘆く口説きの場面が、大きな見せ場のひとつだ。

「貞次郎のやつ、ぴりぴりしておったぞ。政岡で転《こ》けたら、何を演っても結果はおなじ。

なれど、客の入りばかりは蓋を開けてみなければわからぬ。所詮《しょせん》、役者風情にはあずかり知らぬことなのだと、それこそ、芝居がかった口調で嘆いておったわ」

　わからんでもない。初日の入り具合が興行の行方を左右する。

　そして興行の成否は、上演に関わった者たちの命運を決める。小屋を所有する櫓主、金を出す金主、役者連中を束ねる座頭《ざがしら》、金策いっさいを任されている帳元《ちょうもと》、芝居の筋立てを描く立作者《たてさくしゃ》、そして、一座の看板を背負う千両役者、あらゆる者たちが天国へ昇るか、地獄へ堕ちるかの瀬戸際に立たされている。

　たかが河原芝居に客を取られたとあっては、三座の沽券《こけん》にも関わってこよう。

「弥生興行を成功させるためなら、やつらはなんだってやる。卑劣な手段を講じることをも厭《いと》わぬのさ」

　そうした自分勝手な連中が河原の女芝居を潰《つぶ》しに掛かったのだろうと、仁徳は邪推してみせた。

「どうじゃ、うぽっぽ」

　たしかに、探ってみる価値はありそうだ。

　勘兵衛はちろりを提げ、仁徳の盃に酒を注いでやった。

　藪《やぶ》医者は目を閉じ、こっくりこっくり舟を漕ぎはじめた。

夜、おりんは荼毘《だび》に付された。

河原に木組みの壇が設けられ、おさほの手で火が付けられた。

勘兵衛と綾乃はその場に立ちあい、夜空に舞いあがる白い煙をみつめた。

「おりんの魂が昇天してゆく」

と、女役者のひとりがつぶやいた。

そうではない。忌中の七日間は河原をさまよい、おりんは遺された者たちを見守りつづける。

「南無阿弥陀仏、南無阿弥陀仏……」

一向宗の門徒でもある女役者たちは西方浄土にむかい、一心不乱に念仏を唱えた。

やがて、念仏は荘厳な響きをもって、河原全体をつつんでいった。

おさほの表情は硬い。

さきほど聞いたはなしでは、一座が初七日に法要芝居を打つと聞き、本所廻りの宍戸馨之介が与力の松浦《まつうら》左門《さもん》をしたがえ、ねじこんできたという。

世間を騒がせてどういうつもりだと、松浦は根拠のない文句を並べたてた。

片付けが済んだら早々に江戸から去れと、強い口調で告げたらしい。

松浦左門は権威を笠に着る男だった。本所深川における地廻り同士の利権争いを巧みに利用し、私腹を肥やしているとの噂もある。

「そんな野郎の言うことなぞ、しかとしちまえばいい」

勘兵衛の助言に、おさほは頷いてみせた。が、どこまで意志を貫きとおすことができるのか、胸の裡《うち》は不安でいっぱいなのだろう。

「おれが楯になってやる」

勘兵衛は炎をみつめ、ぼそっとつぶやいた。

ふと、気づいてみれば、大橋の欄干にずらりと並んだ老若男女が、じっと祈りを捧げている。誰もがみな、一座の不幸を憐《あわ》れんでいるのだ。

「綾乃、みろ。あれだけのひとたちが一座を支えてくれている」

「そうですね」

おさほも橋のひとびとに気づき、袂《たもと》で目頭を拭きはじめた。

こうなったら、是が非でも法要芝居を成功させてやりたい。

勘兵衛は、ぎゅっと拳を握りしめた。

六

翌日、朝未《まだ》きから、仁徳は鱚釣りに出掛けた。

綾乃とふたりで朝餉を食べおわったころ、おもいがけない人物が訪ねてきた。

萎《しな》びた胡瓜《きゅうり》か茄子《なす》のような老人で、咽喉《のど》をぜえぜえ鳴らしている。

「砂絵師の孫八ではないか」

「う……うぽっぽの旦那」

孫八は安心したのか目尻をさげ、がくっと地べたに膝をついた。

ふいに、血の臭いが漂ってくる。

「怪我をしたのか」

「斬られやした」

「なにっ」

勘兵衛よりもさきに、綾乃が縁側から飛びおりた。

庭下駄をつっかけ、駆けよせる。

「左肩ですね、おみせください」

言うが早いか、布を裂く音が響いた。

「う」

孫八が呻《うめ》く。

「ご安心ください、深手ではありません。でも、消毒しなければなりませんね。立てますか」

「へ、へい」

孫八は綾乃に肩を貸してもらい、治療場に連れてゆかれた。

勘兵衛は冷めた茶をひと口呑み、縁側から中庭におりる。

表店に顔を出すと、短い悲鳴があがった。

綾乃が焼酎を口にふくみ、ぷっと傷口に吹きかけたのだ。

老い耄《ぼ》れ相手に、ずいぶん大胆なことをやる。

綾乃は気にも留めず、縫合に掛かった。

金瘡は肩口から胸にかけて、浅くひらいている。

「正面から袈裟《けさ》懸《が》けに斬られたな」

「へ、そのようで」

「よくぞ、躱《かわ》したな」

「なにせ、あたりは暗闇。四つ辻の物陰から、いきなり、斬りかかってこられやして」

傷口から推すと、太刀筋は鋭い。かなりの手《て》練《だ》れとみてよかろう。

それを躱して逃げることができたのは、偶然であろうか。

偶然でなければ、この男、剣術のたしなみがあるとしか考えられない。

「斬られたのは、何刻《どき》のはなしだ」

「寅《とら》の七つ半ごろでやしょうか」

「一刻もまえではないか」

「伺おうか伺うまいか、迷っておりやした」

「どうして」

「聞いていただけやすか、その理由を」

「聞こう」

勘兵衛が頷いたところで、治療は終わった。

孫八は左腕を包帯で吊《つ》ってもらい、えらく恐縮してみせる。

綾乃はにっこり笑い、朗らかに言いはなった。

「朝餉をご用意いたしましょう」

「おう、そうしてやれ」

間髪《かんはつ》を容《い》れず、勘兵衛が相槌《あいづち》を打った。

「蜆《しじみ》の味噌汁は解毒にもなる。そうだ、鯛の塩引きも出してやれ。酒浸しにしたやつがあったであろう」

「かしこまりました。御膳はこちらにはこびましょう」

「ふむ」

嬉々として部屋を飛びだす綾乃を、孫八は眩《まぶ》しげに見送った。

「良い娘さんですな」

ぽつりと、淋しそうにこぼす。

そんな砂絵師の素姓も気になったが、今は訪ねてきた理由を質さねばなるまい。

「じつは、この目でみちまったんです。芝居小屋の縄を切った野郎のことを」

期待したとおりだ。

「切ったのは半端者か、一座を脅していたとかいう」

「いいえ、化粧をした役者でやす」

「なに」

「一座の女役者を装っておりやした。みた者にそうおもいこませるための小細工でやしょう。背恰好といい、仕種といい、なるほど、女役者にみえやした。けど、あっしの目はごまかせねえ。あれはたぶん、陰間だ。まだ十二、三の小僧でやすよ」

「陰間か」

ぴんときた。

芳香とともに、大橋の欄干から芝居小屋をみつめていた男の子をおもいだしたのだ。

「止めさせようと声を掛けたとき、どどっと小屋がくずれやした。目のまえの景色が真っ白になりやがった」

濛々《もうもう》と立ちのぼった粉塵《ふんじん》が落ちつくと、そこかしこで血だらけの女や子どもが呻いていた。

地獄絵をみているようで、しばらくのあいだ、孫八は呆然《ぼうぜん》としていたという。

だが、一夜明けてみたら、どうしても悪党の正体を突きとめたくなった。

「あの陰間、どっかの悪党に尻を掻《か》かれてやったにちげえねえ。悪党が誰なのか、そいつを突きとめようとおもったんです」

陰間という以外、手懸かりはない。化粧のせいで素顔もわからなかった。

それでどうやって捜そうというのか、雲をつかむようなはなしだったが、とりあえず、芳町の陰間茶屋を虱《しらみ》潰しにあたろうとおもった。

そして、幸運にも昨日の夕刻、芳町の横丁を歩んでいる小僧をみつけたのだという。

「名は鶴吉《つるきち》、女形の卵でやした」

狂言作者の営む「春菊楼《しゅんぎくろう》」の色子だった。

「どうして、鶴吉とわかったのだ」

「撫《な》で肩で手足の細長い小僧でした。立ち姿と申しますか、受けた印象のほうをおぼえておりやしてね。これでも絵師の端くれなんで、本人をみりゃわかりやす」

「ふうん、そんなものか」

「じつはもうひとつ、化粧《けわい》した顔が立女形の辻村貞次郎にそっくりでしてね」

「辻村貞次郎に」

「錦絵にも描かれておりやすでしょ」

「そうだな」

「あっしは鶴吉が縄切りの下手人にちげえねえと踏み、御用聞きにでもなった気分で春菊楼を張りこみやした。客のふりをしようにも登楼する金はねえし、敷居をまたぐ勇気もねえ。四つ辻の物陰でじっとしたまま夜を明かそうとしていたら、いきなり、正面からばっさり斬られたのでごぜえやす」

「相手の顔はみたか」

「いいえ、咄嗟《とっさ》のことで」

「特徴におぼえは」

「お侍えだとおもいやす」

背は高く痩《や》せており、月代《さかやき》は伸びていたという。

誰かに雇われた浪人者だなと、勘兵衛は察した。

ひょっとしたら、わざと浅手を負わせたのかもしれない。

色子の鶴吉が見張られているのを知り、孫八を殺さずに泳がそうとした。

かりに、そうであったならば、敵方にこの場所を勘づかれた公算は大きい。

もちろん、孫八に落ち度はない。善意でやったことなのだ。

「よう喋ってくれたな、恩に着るぞ」

「それじゃ、お調べいただけるので」

「無論だ」

「伺った甲斐がありやした。本所廻りじゃ、こうはいかねえ」

「そいつは悪党どもを捕まえたあとに言ってくれ。ところで、おまえさんのことがちと知りてえな」

「喋ることなんざありやせん。あっしはつまらねえ砂絵師、老いて寄辺《よるべ》のねえ身でさあ。へへ、寄辺渚《なぎさ》というやつで」

「そうかい。ま、喋りたくないなら、無理には訊《き》かぬ」

気まずい空気が流れたところへ、綾乃が膳をはこんできた。

「おまちどおさま」

味噌汁が美味そうな湯気をあげている。

孫八は、ごくりと生唾《なまつば》を呑みこんだ。

「腹が減ってんだろう。箸《はし》をもつ右手は使えそうだし、遠慮せずに食え」

「他人様から、こんなに親切にしてもらったことはありやせん。へへ、あるとすりゃ、佐保之丞一座のみなさんだな」

三年前、銭もなく腹を空かしていたとき、一座の連中が食べ物を分けてくれた。

礼の換わりに砂絵を描いてみせ、子どもたちともすっかり仲良くなったという。

「どうせなら、いっしょに旅廻りをしないかと、優しいことばも掛けていただきやした。でも、踏んぎりがつかなかった。あっしにも糞《くそ》みてえな意地がごぜえやしてね、他人様の鍋釜を頼ってまで、生きていたかねえんですよ」

「意地を張ることもあるまい。親切に甘えたらよかろうに」

「ご覧のとおり、棺桶に片足を突っこんだ爺でやすよ。こんな爺にまとわりつかれちまったら、一座の方々に迷惑が掛かる」

とは言いつつも、優しいことばを掛けてもらったことは、孫八にとって「死ぬほど嬉しい」出来事だった。

「いっしょに旅廻りをどうかと何度も誘ってくれたな、亡くなったおりんさんなんだ」

「そうだったのかい」

「あっしにとっちゃ、菩薩も同然なんです」

孫八はおりんを供養したい一念で、悪党の正体を暴きだそうとおもった。

「悪党どもをみつけだし、償いをさせてやりてえ。そうでもしなけりゃ、どうにも腹の虫がおさまらねえ。こんな気持ちになったのは、何十年かぶりのことなんだ」

孫八は涙ぐみながら、蜆の味噌汁を啜った。

綾乃はしんみりとした顔で、耳をかたむけている。

「旦那、悪党どもは自分たちの手は汚さず、鶴吉に命じて縄を切らせたんでやすよ」

卑劣といえば、あまりに卑劣な行為ではないか。

おのれの利益を守るために、十二、三の陰間を使い、河原芝居しか生きる術《すべ》を知らぬ弱い者たちを不幸のどん底に叩きおとしたのだ。

「許せねえな」

勘兵衛は吐きすてた。

名状しがたい憤りが沸騰しかけている。

七

芝居町の端にある「福之湯」の屋根裏部屋からは、江戸最大の規模を誇る夕河岸が一望できる。日本橋川から分岐した堀留の水路には、海産物を運搬する荷船が忙《せわ》しなく行きかっていた。

土手一面に咲く白い花は、春紫苑《はるじおん》であろうか。

河岸の喧噪《けんそう》とはうらはらに、人知れず川風に揺れている。

勘兵衛は頰杖をつき、眼下に架かる親父橋に目を移した。

照降《てりふり》町のほうからは、天秤棒を担いだ魚売りたちが渡ってくる。芝居小屋や芝居茶屋で働く者たちもいれば、深編笠をかぶった二本差しも見受けられた。

侍どもは人目を気にしながら、たいてい、橋の東詰めから右手の堀江六軒町へむかう。芳町の俗称で知られる界隈《かいわい》だ。芳町といえば陰間茶屋、陰間茶屋の客といえば「にんべんのあるとなし」と川柳にも詠まれるとおり、侍か寺の坊主と相場はきまっている。

勘兵衛にとっては、横目にみながら通りすぎるだけの場所だ。足を踏みこんだこともない。淫靡《いんび》な雰囲気のただよう迷宮だが、男色を売る者と買う者とのあいだには「揉《も》め事を起こせば、即刻出入御免《でいりごめん》」という厳格な取りきめがあり、陰間の巣窟では喧嘩沙汰ひとつ起きた例《ため》しがない。

表向きは一定の秩序を保っているかにみえる。もっとも、横丁ひとつ違えれば、そこは袋小路の蟻《あり》地獄、暗闇がぽっかり口を開けて待っていた。踏みこんださきに、始末に負えぬ生霊どもが蠢《うごめ》いているかもしれなかった。

が、案ずることはない。

すでに、陰間茶屋に詳しい小者を潜りこませ、下調べをさせていた。

小者の名は三平《さんぺい》、以前はへっつい直しを装って小金を盗むこそ泥だった。勘兵衛に縄を打たれて重敲《おもたた》きの罰を受け、銀次に預けられたのだ。肝っ玉の小さい平目《ひらめ》顔の男だが、江戸じゅうの抜け道を知りつくしている。

勘兵衛は奴《やっこ》豆腐を肴《さかな》に酒を呑み、銀次ともども三平の帰りを待っていた。

湯上がりの顔だ。三度の飯より朝風呂が好きで、夕方も暇をみつけては「福之湯」の暖簾《のれん》をくぐる。二階で将棋を指しながら噂話に耳をかたむけ、客同士が交わす寄席《よせ》まがいの仕方噺《ばなし》に腹を抱えて笑う。銭湯の二階で仲良くなった連中は、いざというとき、けっこう役に立ってくれた。

三階の屋根裏部屋に登ったときは、いつもと勝手がちがう。

勘兵衛を知る者は、銀次とおしまと三平しかいない。

やがて、夕河岸に闇の帷《とばり》が下りたころ、三平が戻ってきた。

「おう、来たか。ま、一杯飲れ」

「へ」

三平はきちんと正座し、両手で盃を差しだす。

一杯目を空けて「もう一杯」とせがみ、銀次にたしなめられた。

「どうであった」

「鶴吉は春菊楼の抱える陰間でやした。昼は芝居小屋で下働きをやり、暮れ六つの鐘が鳴ると、春菊楼で客を待つ。そんな暮らしだそうで」

「さすが餅は餅屋、半日でよう調べたな」

「旦那、誤解してもらっちゃ困りやす。おいらにゃ、そっちの趣味はねえ」

「そうかい。ま、つづけてくれ」

「春菊楼の亭主は台本書きをやっておりやしてね、こんどの弥生興行で中村座の立作者を仰《おお》せつかったと聞きやした」

「大役だな」

亭主が台本に手を加えた演目は伽羅先代萩、乳母の政岡を演じるのは立女形の辻村貞次郎だ。

「その貞次郎に可愛がられていたのが、鶴吉というわけで」

「なるほど」

貞次郎も陰間修行を経験し、色子から女形の頂点に成りあがった人物だ。非凡な才能をもつ美少年を可愛がりたくなる気持ちはわかる。

「ふつうの仲じゃありやせんぜ」

ふたりの間柄は師弟以上のもの、それは芝居仲間のあいだでも知らぬ者のいない公然の秘密だった。

「貞次郎も陰間茶屋を営んでおると聞いたぞ。なぜ、自分の茶屋で鶴吉を囲いこもうとせぬのだ」

「そこなんで。あっしも妙だなとおもいやしてね」

調べてみると、鶴吉は半月ほどまえ、なかば強引に貞次郎との仲を裂かれ、春菊楼へ移されたらしかった。

「仲を裂いたのは帳元でやす」

帳元は興行の差配役、財布の紐《ひも》を握っており、一座の看板役者にも意見できる立場にある。

「誰なんだ、帳元ってのは」

「久保田初春《はつはる》」

どこの馬の骨とも知れない山師であったが、河原崎座の正月興行を成功させて名を売った。

「裏方のあいだじゃ、女衒《ぜげん》あがりの山師だって噂もありやす。理由はわかりやせんが、この野郎が鶴吉を春菊楼に移しやがった」

陰間ひとりを預かることの見返りに、茶屋の亭主は立作者の地位をつかんだとも考えられる。帳元には興行の立作者を選ぶ権限があった。

「ひょっとしたら、初春は強引に鶴吉を奪ったのかもしれやせん」

「奪った、貞次郎からか」

「へい」

「なぜ」

「そいつは野暮なお尋ねで、へへ」

三平は意味ありげに笑い、細い目をさらに細めた。

春菊楼へ移されたあと、貞次郎と鶴吉の仲は切れた。

ただし、久保田初春に男色の噂はない。

「それなら、立女形と鶴吉を張りあったのは誰かってことになりやすがね、怪しいのがひとり」

「ほう、誰だ」

「大和屋《やまとや》佐平《さへい》。初春が連れてきた金主でやす」

弥生興行に大金をつぎこんだ道楽者は、日本橋横山町に店を構える絹糸問屋の主人だった。横山町の大和屋といえば、小田原名物「虎屋のういろう」を売る江戸の出店、大和屋加兵衛《かへえ》のほうが有名だが、金のあり余っているのは絹糸問屋のほうだった。なにせ、亀戸の釜屋堀《かまやぼり》に蔵を三軒も所有しているという。

「大和屋は陰間遊びじゃ、ちょいと知られた御仁でしてね。釜屋堀の釜旦那なんぞと呼ばれておりやす」

「知らなんだな」

三平の調べで、複雑な人間模様の一端が炙《あぶ》りだされてきた。

それにしても、誰が鶴吉に「縄を切れ」と囁いたのだろうか。

怪しいといえば、誰もが怪しい。弥生興行の成功を願うという点で、利害は一致しているからだ。

「三平、砂絵師を斬った浪人者の素姓は」

「そっちは皆目」

「わからずか」

「へ」

鶴吉に難題をもちかけたのは、名のあがっていない馴染《なじ》みの客とも考えられる。「春菊楼」に通う客のなかに怪しい者がいることも否定できなかったが、三平もそこまでは調べきれていなかった。

銀次が煙管《キセル》を燻《くゆ》らしながら、口を挟む。

「旦那、その浪人者、かなりの手練れだそうで」

「おそらくな」

「そうとなりゃ、助っ人がいりやすね」

「ふむ、鯉四郎《こいしろう》には声を掛けておいた」

「そうですかい、安心しやした」

「ところが、鯉四郎のやつ、風邪をこじらせてな。げほげほ、嫌な咳《せき》をしておるのよ」

「お気の毒に」

定廻りの末吉《すえよし》鯉四郎は、六尺余りの偉丈夫だった。鼻筋のとおった見栄えのする面つきをしており、それこそ、歌舞伎の立役にも通じる華を感じさせた。生真面目な性分で直情径行のきらいがあり、付きあい下手で世辞のひとつも言えず、いつもむっつりしている。同心部屋では浮いた存在だが、おなじような境遇の勘兵衛とだけは馬が合う。

　年齢は二十六、勘兵衛や銀次にしてみれば「ひよっこ」にすぎない。

「鶴吉をしょっぴいて、叩いてみるか」

「さあて、そいつはどうでしょうね」

　銀次が思案投げ首で腕を組む。

「陰間はおもいつめたら、何をしでかすかわからねえ。十手を鼻先に突きだしたら、舌を嚙んじまうかもしれやせんよ」

「厄介だな」

「ちょいと、泳がしてみては」

　銀次の提案を、勘兵衛は呑んだ。

　それが仇《あだ》となった。

八

倒壊から三日目の早朝。

釜屋堀に、鶴吉の遺体が浮かんだ。

亀戸天神に通じる天神橋から南へ一町ほど下ったあたり、汀の棒杭に引っかかった襤褸《ぼろ》布《ぬの》のような遺体を、釣り人がみつけたのだ。

鶴吉が発見されたとき、釜屋堀は乳色の靄《もや》につつまれていた。

しかし、勘兵衛たちが駆けつけたときには、靄はすっかり晴れていた。

釜屋堀は十間川の俗称だが、川筋で鍋釜を鋳造する釜屋六右衛門、七右衛門兄弟に因《ちな》んで名付けられた。

川の東には押上村や柳島村の田圃《たんぼ》がひろがり、畦道《あぜみち》には辛夷《こぶし》の花が咲いている。彼岸桜が散り、山桜が蕾《つぼみ》をふくらませるころ、大輪の白い花を咲かせるのだ。辛夷の花の咲くころは、田打ちに掛かる時季でもあった。

銀次は蒼褪めた顔で屈《かが》み、莚に寝かされたほとけの検屍に取りかかった。

やはり、大橋の欄干でみた男の子にまちがいない。

首の骨を折られており、それが致命傷のようだった。

勘兵衛は、砂絵師を斬った浪人者の影をおもいうかべた。

自分が首を突っこんだことで、鶴吉は命を縮めてしまったような気がしてならない。

「くそっ、しょっぴくんだった」

銀次は悪態を吐き、みずからを責める。

「あっしが余計なことを口走ったばっかりに、鶴吉は殺《や》られちまったようなもんです」

「読みちがいは誰にでもある。気にすることはねえ。それより、敵さんはこっちの手を読みきっているようだな。ぐずぐずしちゃいられねえぞ」

「へい」

川を半町ばかり遡《さかのぼ》れば、大和屋佐平の蔵がある。

「まずは、その辺からあたってみるか」

「合点で」

銀次が返事をしたところへ、三平が駆けこんできた。

「親分、てえへんだ。本所廻りが来やがった」

肩を怒らせた宍戸馨之介と腰巾着の文七が、大股で近づいてくる。

「またてめえか。うぽっぽ、どういうつもりだ、え」

「ほとけに用があってな」

「ほとけを知ってんのか」

「まあな」

「教えろ」

「芳町の陰間さ」

「どうりで、可愛げな面をしてんじゃねえか」

宍戸は十手を抜き、遺骸のそばに鼻を近づける。

「うえっ、臭《くせ》えな」

十手の先端で遺骸の肩をこづき、しかめ面をしてみせた。

「よしな、ほとけを傷つけるのは」

「うるせえ。うぽっぽ、てめえ、こいつとどういう関わりがあんだ。まさか、深《ふけ》え仲だったんじゃあんめえな」

「くだらぬ穿鑿《せんさく》はやめておけ」

「あんだと、こらっ」

宍戸は眸子を逆吊らせて立ちあがり、刀の柄に手を掛ける。

「斬られてえのか」

「やってみろ、ほれ」

勘兵衛はくるっと背中をむけ、首筋を叩いてみせた。

「首でも背中でもいいぞ。ばっさりやれ、その勇気があるんならな」

宍戸は柄を握ったまま、怒りで顎を震わせる。

「こ、この野郎」

「どうした、できぬのか」

「ふん、挑発にゃ乗らねえぞ。うぽっぽ野郎を斬っても、刀の錆《さび》になるだけだ」

かたわらの銀次と三平が、ほっと安堵《あんど》の溜息を吐く。

勘兵衛は気にも掛けず、莚のそばに屈みこんだ。

びんぞりの文七が、へらついた調子で銀次に喋りかける。

「すっぽんの親爺さんよ、手下のこそ泥が芳町あたりを嗅《か》ぎまわってるらしいな。こちとら、先刻承知済みなんだぜ」

「鼻が利くじゃねえか」

「その陰間、名は」

「聞いてどうする」

「調べんのさ。てめえらだけに縄張り荒らしはさせねえ」

銀次が口を噤《つぐ》んだので、勘兵衛は代わりに応えてやった。

「ほとけの名は鶴吉だ。勝手に調べるがいいさ」

「そうさせてもらいやすぜ、うぽっぽの旦那」

同心の手足となって動く岡っ引きの多くは、得になること以外はやりたがらない。文七が陰間殺しに興味をみせているのも、金の臭いを嗅ぎつけたからだ。

飼い主の宍戸も心得ている。岡っ引き風情と情を交わそうなどとは、最初から考えていない。

「文七、ほとけは色子にちげえねえ。だとすりゃ、育て親代わりの女形が怪しいぜ」

「調べてみりゃ、すぐにわかりやすよ」

「よし、そいつをしょっぴいてやるか」

「へへ、仕置部屋で伊豆石を抱かせちまえば、白か黒かはっきりしやすぜ」

「そうだな。余計な手間は掛けたくねえ。怪しい野郎は片端から捕まえて、伊豆石を抱かせちまえ」

「そうしやしょう」

ふたりはひとしきり笑い、釜屋堀から去ってゆく。

「旦那」

銀次は怒りを抑えかね、声を震わせた。

「ちと急がねばならぬな」

余計な邪魔がはいらぬうちに、悪党の正体を暴かねばなるまい。

調べるさきはいくつかあった。弥生興行の金主になった大和屋佐平、評判の良くない帳元の久保田初春、そして、腰痛に悩む立女形の辻村貞次郎だ。

勘兵衛は銀次たちと別れ、竪川《たてかわ》との分岐点まで歩み、西に舳先《へさき》をむけた猪牙《ちょき》を拾った。

頬被りの船頭が、細長い棹《さお》を構えなおす。

「旦那、どちらへ」

「大川に出てくれ」

「へい」

そのさきはどうするか、迷うところだ。

大和屋のある横山町か、それとも芝居町か。

どちらにもむかわず、向両国の河原に立ちよろうと、勘兵衛はおもった。

佐保之丞一座の芝居小屋が、鳶たちの手助けで復旧されたと聞いていたからだ。

三座の弥生興行初日にぶつけ、おりんの法要芝居を打ちたいと、おさほはみずからの決意をおおやけにした。その執念が多くの人々の善意に支えられて結実した恰好だが、芝居小屋が元通りになれば、悪党どもに狙われる危険は高まる。

下手をすれば、自分たちの命にも関わってこよう。

それでも、危険を承知で意地を張ろうとする女座長と、女座長についてゆこうと腹を決めた女役者たちの姿勢が、勘兵衛には清々《すがすが》しく感じられた。

九

芝居小屋は建てなおされ、以前より支柱となる丸太が増えていた。しかも、何本かの丸太は、砦《とりで》の頂部に巡らされた逆茂木《さかもぎ》のごとく、天にむかって突きだしている。

おさほは勘太郎を負ぶい、役者たちに稽古をつけていた。

勘兵衛は酒菰を捲って内へ潜りこみ、中央の舞台に近づいていった。

役者たちに促され、薄化粧のおさほが振りむく。

「あっ、旦那」

「元気か」

「はい」

妹のいない淋しさを、稽古で紛らわせようとしているのだろうか。

「立派な小屋じゃねえか」

「鳶のみなさんのおかげです。大勢のお客さまに元気づけていただきましてね、がんばれというひとことが励みになります」

「ありがてえこったな」

「三座の向こうを張って、どうしても法要芝居を打ちたいんだって申しあげたら、みなさん、意気に感じてくだすったみたいで」

　小屋の倒壊は「縄腐れによるもの」と、おおやけには発表されていた。だが、三座の嫌がらせではないかという臆測が飛びかっていた。噂は噂を呼び、判官贔屓《はんがんびいき》の江戸雀たちが佐保之丞一座の応援にまわっているのである。

　濡《ぬ》れ衣《ぎぬ》だとすれば、三座にとっては迷惑なはなしだ。

「法要芝居は感謝の意味も込めて、木戸銭を四文にしようかとおもっております」

「百文が四文かい。太っ腹なはなしだな」

　客は殺到するにちがいない。それが話題になれば、三座の弥生興行は大きく影響を受ける。初日の躓《つまず》きは尾を曳《ひ》き、実入りのほうでも痛手をこうむりかねなかった。

　本来、おなじ土俵で闘うはずもない幕下の相手が、金色のまわしを締めて対峙《たいじ》しているようなものだ。しかも、相手は女芝居、客の入りで負けたとあっては芝居町に櫓を構える三座の矜持《きょうじ》が許すまい。

芝居町の命運を握るのは、儚げな風情で微笑む女座長であった。が、当人のおさほには気負いもなければ、打算も感じられない。

「妹を安心させてやりたいんです」

おさほは、舞台の袖にちらりと目を遣った。

そこには仏壇がしつらえられ、護符や御神酒《おみき》とともに、白い骨壺が置いてある。

「法要芝居はやめちまおう。意地を張ってもしょうがないって、そんなふうにおもうこともあります。そのたびに、妹が叱りつけてくるんです。やめちまったら、応援してくだすっている世間様に、どの面さげて謝るんだいって。大芝居を見返してやろうとか、出しぬいてやろうとか、そんなことはどうでもいいんです。わたしたちができるのは、日頃から稽古をかさねたお芝居を一所懸命に演らせていただくこと。それ以外にはないんです」

「偉いもんだ」

勘兵衛はおもわず、手を叩いた。

刹那《せつな》、おさほに負ぶわれた勘太郎が火のついたように泣きだした。

「おう、よしよし」

勘兵衛は身を寄せ、小さな手を握った。

あやそうとすれば、泣き声は大きくなる。

仕舞いにはあきらめ、尻尾を巻いて逃げだした。

おさほは泣きやまぬ勘太郎を仲間に預け、見送りにやってくる。

「旦那、お待ちを」

「お、そうだ、忘れるところだった」

勘兵衛は立ちどまり、懐《ふところ》中から土産を取りだした。

「ほれ」

「まあ、でんでん太鼓」

「薬師さんの縁日で買った安物さ」

「勘太郎も喜びます」

「泣きやめばいいがな、へへ」

「すみません、いろいろ、お気に掛けていただいて」

「気にするな。そんなことより、法要芝居の緞帳があがるまで気を抜いてはならぬぞ」

「はい。当面はお休みさせていただき、初七日に備えるつもりです」

「それがいい」

いざとなれば、興行を取りやめにしろという台詞が、咽喉もとまで出かかった。

だが、ここまできたら、座長の意志を尊重するしかない。

「不安をおぼえたら、すぐに報せてくれ」

「はい、ありがとう存じます」

おさほは、深々と頭《こうべ》を垂れた。


何者かの視線を感じ、勘兵衛は土手を仰いだ。

人相の悪い半端者が、じっとこちらを睨んでいる。

「あいつ」

おさほが叫んだ。

「わたしらを脅した連中のひとりです」

「たしかだな」

「はい」

「よし」

勘兵衛は裾を端折り、大股で駆けだした。

半端者はびっくりし、こちらに背をむける。

袖を懸命に振りながら、大橋を渡りはじめた。

勘兵衛は土手に駆けあがるとみせかけ、橋桁《はしげた》の船寄せにむかった。

いかにも速そうな猪牙に飛びのり、頬被りの船頭をけしかける。

「向こう岸まで、死んだ気で漕げ」

「へい」

船頭は巧みに棹を操り、大川を一直線に横切った。

半端者は後ろもみずに、必死の形相で橋のうえを走っている。

男は橋を渡ったところで首を捻り、追っ手のいないことを確かめた。

ほっとしたように足を止め、ぺっと唾を吐く。

「莫迦め」

勘兵衛は真下から、その様子を眺めていた。

一方、勘兵衛は猪牙を降り、ゆっくり土手をのぼっていた。

男は広小路を縫うようにすすみ、浅草橋御門から筋違橋御門まで十町ほどつづく柳原大路を早足ですすみはじめた。夜は物淋しい柳並木の道だが、日中は葦簀《よしず》張《ば》りの食い物屋や古着屋が軒を並べ、多くのひとで賑《にぎ》わっている。尾行はさほど苦ではない。

男は背後を警戒しながら歩みつづけ、筋違橋御門を通りすぎ、湯島へ通じる昌平橋を渡った。

まっすぐ北上すれば中山道《なかせんどう》だが、神田川沿いを水道橋にむかってゆく。

水道橋の二町ほど手前で右手に折れ、起伏のある本郷の屋敷町を北へすすんだ。

さらに、本妙寺坂を下って菊坂にぶつかり、小石川にむかって坂道を下ってゆく。

やがて、左手に雑木林がみえてきた。

菊坂の北端は胸突坂《むなつきざか》、雑木林のむこうには大名の敷地がひろがっている。

寺社奉行、松平《まつだいら》右《う》京亮《きょうのすけ》（高崎《たかさき》藩八万二千石藩主）の中屋敷だった。

両国からかなりの道程を追跡してきたが、健脚自慢の勘兵衛にしてみれば、たいした労力ではない。

半端者は菊坂の途中で横道に逸れ、雑木林のなかに踏みこんだ。

朽ち葉の堆積した道なき道をすすむと、廃寺がひっそり佇んでいた。

葉の繁った喬木《きょうぼく》に覆われた昼なお暗い廃寺、悪党どもがねぐらにするにはもってこいの場所だ。

案の定、障子の破れた堂宇には、ふたりの仲間が待っていた。

いずれも悪相の半端者にほかならない。

「これで三人揃いぶみか」

十手を翳《かざ》して踏みこめば、少なくともひとりは捕縛できそうだ。
が、闇雲に踏みこむのは得策ではない。
三人の背後には、鵜飼いがいるはずだ。
もう少し様子をみよう。
勘兵衛は笹叢《ささむら》に身を隠した。
鋭い殺気を感じたのは、そのときだ。
振りむくと同時に、白刃が伸びてきた。
「うおっ」
すんでのところで躱し、勘兵衛は地べたに転がった。
「すりゃっ」
二の太刀が、鼻先に襲いかかってくる。
咄嗟に十手を引きぬき、真横に払った。
——がしっ。
火花が散った。
相手は月代の伸びた浪人者だ。
鼻と口を黒い布で覆っている。

勘兵衛は起きあがり、身を沈めた。

「てめえ、何者だ」

糺《ただ》したところで、返答はない。

「この野郎」

籠手《こて》を狙って、懐中に飛びこむ。

「ふん」

十手を叩きつけたが、難なく躱された。

勘兵衛は横飛びに飛び、撃尺の間合いから逃れた。

手につかんだ土くれを、迫った顔面に投げつける。

相手は虚を衝かれ、追撃の機を逸した。

が、勝負はつづいている。

浪人者は殺気を漲らせ、上段で白刃を寝かせた独特の構えを取った。

八の字足で踏んばり、左右に身を捻りながら迫ってくる。

「馬庭念流《まにわねんりゅう》か」

道場の剣ではない。実戦でこそ生きる剣、阿鼻叫喚《あびきょうかん》の渦巻く戦場で甲冑《かっちゅう》武者と対峙したかのような錯覚をおぼえた。

「まずいな」

弱気の虫が囁いた。

このままでは、斬られる。

と、そのとき。

堂宇の障子が蹴破られ、三人の半端者が躍りだしてきた。

「この野郎」

間抜けどもが、ようやく異変に気づいたのだ。

「あっ、旦那」

まんなかのひとりが叫んだ。

あきらかに、浪人にたいして発せられた台詞だった。

「莫迦め」

浪人は低く吐きすて、堂宇の廊下に駆けよった。

「ぬりゃ……っ」

瞬時にふたりを薙《な》ぎふせ、三人目に斬りかかる。

勘兵衛が尾行した男だ。

「やめてくれ、うぎゃっ」

袈裟懸けに斬られ、朽ちた廊下から転げおちる。

血の滴る白刃を車《しゃ》に下げ、浪人が野太い首を捻った。

「狂犬め」

四人目にされては適わない。

「三十六計逃ぐるに如《し》かず」

勘兵衛は背中をみせ、脱兎のごとく駆けだした。

十

われながら、上手く逃げおおせたものだ。

勘兵衛は地を滑るように走り、菊坂台町の抜け裏を抜け、中山道に行きついた。

江戸の詳細な地図が、からだに染みついている。そのおかげで命拾いしたことも何度かあった。

河原の芝居小屋に異変は生じていない。

万が一の事態に備え、女たちは交替で寝ずの番をつづけている。

勘兵衛は朝夕の二度、かならず様子を窺《うかが》うことにきめていた。

夕陽が川面を紅く染めるころ、子どもたちが歓声をあげた。

女たちも輪になって、地面を眺めている。

「何だろう」

勘兵衛は足をむけ、輪のなかを覗いてみた。

左腕を吊った孫八が、右手で色の付いた砂を流している。

子どもたちは興味津々で、いったい何ができるのかと期待を膨《ふく》らませていた。

「あ、達磨、達磨だよ」

ふたたび、歓声があがった。

襖《ふすま》二枚ぶんほどの大きさはあろうか。

辰砂で描かれた見事な達磨である。

「うぽっぽの旦那」

貝髷《ばいまげ》のおさほが、つっと身を寄せてきた。

「孫八さん、達磨を描かせれば日の本一ですね」

本人に聞こえぬように囁き、艶《あで》やかに笑う。

「砂絵はすぐに消えちまう。紙に描けばのこるのに、もったいないって、わたし、いつもおもうんです」

「のこしたかねえんだろ」

「え」

　自分の生きてきた痕跡を、のこしたくはないのだ。

　ふと、孫八がそう考えているような気がした。

「風が吹けば消えてなくなる。人の一生なんて、砂絵みてえなものかもな」

「旦那の仰るとおりかもしれません」

「孫八は、おまえさんの芝居小屋が気に掛かるらしい」

「女所帯ですから、わたしらにしてみれば居ていただくだけで心強いんですよ」

「あんな萎びた老い耄れでもか」

「ええ」

「それなら、旅廻りに誘ってやったらどうだ」

「誘ってみたことはありますよ。でも、嫌だと仰るのを無理にお誘いするのも気が引けますし」

「あのひねくれ者、嫌だと申しているのか」

「はい、江戸を離れたくないご様子なんです」

「本気で誘いたいなら、もうひと押ししてみるんだな」

「えっ」

「淋しいのさ。寄辺渚の身の上でな。そいつを知られたくねえから、照れかくしに強がってみせるだけのことだ。もう何十年もそうやって、意地を張りながら生きてきたにちげえねえ」

「わかりました。折りをみてもういちど、お誘いしてみます」

「そうしてやんな。ところで、江戸を離れたら、つぎはどこへ行く」

「奥州道中を北へ」

「陸奥《みちのく》か」

「はい」

「そのあとは羽州道中、北国道中とたどって、京へまいります。江戸へ戻ってこられるのは来春になりましょう」

「渡り鳥みてえだな」

「仰るとおりですよ」

道中は長い。江戸に戻ってこられる者もいれば、そうでない者もいる。

おさほはほっと溜息を吐き、勘兵衛のそばから離れていった。

それを待っていたかのように、孫八が目で合図を送ってくる。

何やら、はなしたいことがあるらしい。

――ごおん。

暮れ六つの鐘が悲しげに響いた。

勘兵衛は誘われ、土手のうえにあがった。

「旦那、ご覧なさい」

孫八の指差す芝居小屋も、夕陽に赤く染まっている。

燃えているようだなと、勘兵衛はおもった。

「旦那、小屋の天井に突きでた丸太、鹿の角にみえやせんか」

みえなくもない。土手のうえから見下ろすと、芝居小屋が砦にみえた。

「まるで、鹿角砦《ろっかくさい》だ。もう何十年もむかしのはなしでやすがね、あれとそっくりな莚の砦を攻めたことがありやす」

「莚の砦を攻めただと」

「はい、百姓たちが築いた最後の砦でやした」

「もしや、岩国の」

「へへ、これでも岩国藩の歴とした藩士だったんですよ」

足軽の組頭として、孫八は一揆掃蕩《いっきそうとう》の指揮を執ったという。

砦に火矢を放ち、激しく抵抗する百姓たちを何人も殺《あや》めてしまった。なかには、顔見知りも大勢いた。餓《かつ》えた百姓たちがやむにやまれず莚旗を掲げたのもわかっていたし、心のなかでは同情を禁じ得なかった。

だが、孫八は藩の威信を示すべく、討手の先頭に立って無惨な仕打ちをおこなわねばならなかった。

「侍ってもんに嫌気がさしやしてね」

一揆を鎮圧して半年後、藩と故郷を捨てた。

「妻と娘は離縁して実家に戻す腹でいたんだが、どうしても連《つ》いてくるって言うんです。あっしは嬉しかった。ふたりを連れて、ひとまずは上方をめざしやした。蓄えはねえ。それでも、極貧暮らしに耐えながら旅から旅へ、三年のあいだは三人で何とか暮らすことができやした」

糊口《ここう》をしのぐために、居合抜きや独楽《こま》回しなどの大道芸をおぼえた。もっとも金を稼ぐことができたのが、砂絵であったという。

「今にしてみりゃ、貧しいなりにも楽しい日々でやした」

だが、故郷を捨てて三年目の冬、妻が肺を病んで亡くなった。

「そして、おりんも……へへ、これも何かの因縁《いんねん》か、娘の名は凜《りん》と申しましてね」

凛として生きるようにと、願いを込めて付けた名だった。しかし、病魔は十九の娘にも伝染《うつ》り、掛けがえのない愛娘は母を追うように逝ってしまった。貧困が妻と娘の命を奪ったのだ。

「あっしのせいで、ふたりは死んだ。ふたりのあとを、何度追おうとおもったことか知れやせん。ところが、人間ってのはしぶとい生き物で。死のうとおもっても、容易《たやす》く死ねるものじゃねえ」

ついに死ぬこともできず、何十年も魂の脱け殻となって生きつづけ、老いさらばえてしまったのだという。

やはり、孫八には他人に言えぬ過去があった。

勘兵衛は、ただ黙然と耳をかたむけつづけた。

汀に近いあたりには四本の松明《たいまつ》が焚《た》かれ、松明に囲まれた地面には砂で描かれた達磨が浮かんでみえる。

「旦那、土手から小屋を狙って火矢を放っても、矢は川風に流されて当たりやしねえ。ただし、あすこの達磨を狙って射れば、どんぴしゃりでやすよ」

「なるほど、しかし、誰が火矢を射るというのだ」

「得体の知れねえ連中とだけ申しておきやしょう」

「おぬし、なにか知っておるのか」

「去年の暮れのことでやす」

芝神明社の境内で催された宮地芝居の小屋が「縄腐れ」で倒壊した。幸い死者は出なかったものの、大勢の怪我人が出たために芝居は取りやめになった。

「あっしはその場に居合わせやしてね。小耳に挟んだ噂じゃ、縄腐れで潰れた芝居小屋はひとつやふたつじゃなかったそうです」

昨秋の芝居正月以来、宮地芝居の小屋が倒壊した例は五件もあった。いずれも大当たりをとった一座の小屋で、三座の集客に少なからず影響を与えていたという。

「これだけ凶事がつづくと、でけえ声じゃ言えねえが、お上を疑いたくなりやす」

お上とは、宮地芝居を管轄する寺社奉行のことだ。

「ただし、河原芝居に関しちゃ、お上も口は出せねえ」

「ああ、そのとおりだ」

河原者を仕切るのは、身分の無い者や身分を消された者たちを支配する浅草弾左衛門《あさくさだんざえもん》である。浅草新町に堀と塀に囲まれた広大な敷地を有し、みずからは三千石格の屋敷に住んでいる。配下の者たちは囲内《かこいうち》で灯心づくりなどをやり、外に出て芥《あくた》集めをしたり、断罪人の処刑を手伝ったり、あるいは、馬捨て場から拾ってきた死馬の皮を剝いで鞣《なめ》したりもする。

江戸幕府開闢《かいびゃく》のころから闇に潜み、弾左衛門は隠然とした影響力を行使してきた。老中でさえも、弾左衛門を腫れ物のようにあつかっている。ゆえに、町奉行も寺社奉行も、河原芝居を勝手に取りしまることはできない。

「表立ってできねえとなりゃ、夜襲を掛けるしかねえ」

「まさか」

勘兵衛は一笑に付した。

寺社奉行の配下が、そこまでするとは考えられない。

「今宵は晦日で月もねえ。襲うなら絶好の機会でやすよ」

襲うつもりがあるなら、孫八の言うとおりであろう。

「今晩でなければ明晩、明晩でなければ明後日の晩、かならず敵はやってくる。土手のうえがだめなら、橋のうえから火矢を射掛けるにちげえねえ。あっしなら、そうしやす」

勘兵衛は、どす黒い空を仰いだ。

「孫八、風が出てきたな」

「へい」

砂で描かれた達磨をみやれば、なかば消えかかっていた。

十一

日本橋室町の十軒店には雛市が立ち、派手やかに着飾った娘たちが目立つ。

上野や墨堤《ぼくてい》の花見もかさなり、巾着切《きんちゃっきり》の横行する季節なので、廻り同心にとっては稼ぎどきだ。

勘兵衛はあいかわらず、河原芝居に関わっている。

晦日の晩は無事に過ぎ、倒壊から四日目の朝を迎えていた。

親父橋手前の「福之湯」で朝風呂にはいり、そのまま芝居町に足をむける。

馴染みの「福山《ふくやま》蕎麦《そば》」でかけ蕎麦を啜り、勘兵衛は中村座のほうへ歩みだした。

芝居町は二丁町と称されるとおり、ふたつの町から成る。堀川寄りの北側は葺屋町、まんなかに「福山蕎麦」を挟んで南側は堺町だ。葺屋町には市村座の橘紋櫓、堺町には中村座の銀杏紋櫓が聳《そび》えていた。

櫓主はいずれも馴染みの顔だ。気骨のある先代を知っているだけに、銭勘定に走りがちな若い連中は物足りなく映る。悪事にどこまで関わっているのかは判然としないものの、少なくとも、宮地芝居の一座から木戸銭の上前をはねていることはわかっていた。

勘兵衛は芝居好きで、三座の大芝居を応援したい気持ちが山々なだけに「弱い者いじめをするな」と、どやしつけてやりたい気分だった。

隙間風のように小屋内へ忍び、舞台のよくみえる物陰に佇む。

さすがに、天下の中村座だけはあった。

舞台、花道、客席、天井を支える柱の一本一本にいたるまで配置が計算しつくされ、装飾美としての演出効果も果たしている。高い木戸銭を払ってでも足を踏みいれてみたい晴れの場であった。

舞台では豪華な衣裳を身に纏った役者たちが暴れまわり、着飾った御殿女中が客席に彩りを添える。まるで、極彩色の巨大な錦絵を目にしているようでもあり、小芝居がどう逆立ちしても太刀《たち》打《う》ちできそうにない格式が厳然としてそこにはある。

小芝居の客入りに戦々兢々《きょうきょう》としていることが、勘兵衛には不思議でならない。

舞台上では素顔の役者たちが、座頭に稽古をつけてもらっていた。

弥生興行の初日は明後日に迫っている。稽古は熱を帯びていたが、ひとりだけ冴えない女形がいた。

辻村貞次郎である。鶴吉の死を引きずっており、稽古に身がはいらないのだ。

「貞さん、しっかりしとくれよ」

座頭の叱責が飛んだ。

「ほら、客席には金主の旦那もおみえなんだ。ここはひとつ、びしっときめておくれでないかい」

なるほど、桟敷の中央に目を移すと、肥えた狸《たぬき》顔の五十男がふんぞりかえっている。

大和屋佐平であった。

隣で茶坊主よろしく世話を焼いているのは、帳元の久保田初春である。

こちらは狐顔の狡猾そうな四十男だ。

「狸と狐が揃って稽古総見か」

勘兵衛には、ひと目で善人か悪人かの判別ができた。

貞次郎にしてみれば、稽古どころではあるまい。大和屋とは鶴吉を争った仲だ。いや、争ったのではなく、金主となった大和屋の意向で鶴吉を奪われた。

仲立ちを買ってでたのは、初春だった。大和屋から「是非に」と請われて嫌とは言えず、貞次郎に泣いてもらうしかなかった。

三人は微妙な均衡を保つどぶ板一枚のうえに立っている。ほんのわずかなきっかけで、どぶ板はひっくり返る危うさを孕《はら》んでいた。

大和屋は儲けのためなら、どんな汚い手も使う男らしい。芝居町には一日千両の金が落ちると言われている。芝居が当たったときの実入りは莫大。興行を成功させるためなら、金主は何でもやる。人殺しですら、やりかねない。

鶴吉は使い捨てにされたのだろう。「春菊楼」に雇われた賄《まかな》い婆によれば、大和屋は一昨日の晩も木戸の閉まる亥《い》ノ刻にやってきて、二刻ほど鶴吉と逢瀬を楽しんだという。鶴吉は翌朝、釜屋堀に浮かんだ。

大和屋がまず、自分の手を汚すはずはない。鶴吉を手に掛けたのは、ほかの人間であろう。そうであったにせよ、大和屋佐平が殺しを依頼した公算は大きい。もしかしたら、鶴吉に命じて芝居小屋の縄を切らせておきながら、証しを消すために最初から殺める腹でいたのかもしれない。

欲深い人間の業に翻弄された陰間のことが、何やら哀れにおもえてきた。

貞次郎の心情も、少しはわかるような気がする。

稽古が終わったころを見はからい、勘兵衛はそっと楽屋を訪ねてみた。

貞次郎は鏡台のまえに正座したまま、鶴のように長細い首を捻った。

「すまねえな、ちょいと邪魔するぜ」

半分だけ化粧を落とした顔は不気味で、戸板に打ちつけられた幽霊のようでもある。

「驚かしてわりいな。おれは藪医者の仁徳に部屋を貸している者だ」

「長尾勘兵衛さま、ですよね」

「おう、その勘兵衛さまだ」

「これはこれは」

貞次郎は襟を正して座りなおし、丁寧に三つ指をついた。

「仁徳先生には、なんと御礼を申しあげたらよいか」

「堅苦しい挨拶は抜きにしろ。例の剣菱、相伴《しょうばん》にあずからしてもらったぜ」

「今日は何の御用で」

「鶴吉の件でちと訊きてえ。おめえとは良い仲だったと聞いてな」

「むかしのはなしです。あの子には愛想を尽かされたんだ」

「ほう、愛想を」

「去年の秋、落ち目になりかけていたころ、帳元の初春に囁かれたんです。正月興行の立女形に返り咲かせてやるから、鶴吉と切れてくれと。なかば強引に、あの子を奪われましてね」

そのときは理由を知らなかった。あとで金主の大和屋から鶴吉が気に入られたのだと知り、貞次郎は愕然《がくぜん》とした。

「できるものなら、あの子を奪いかえしたかった」

鶴吉はまだ十二だが、貞次郎の恋情《おもい》にまっすぐ応えてくれたという。

「心底から好きあっていたんです。でも、立女形に返り咲く誘惑には勝てませんでした。世間から忘れさられてしまうのが恐かった。役にしがみついていたいがために、鶴吉の真心を踏みにじったんです。あの子は身も心もわたしから離れてゆき、仕舞いにはあんなことに……かえすがえすも口惜しい。奪いかえさなかったことが、悔やまれて仕方ないんですよ」

貞次郎は袖を白粉で汚しながら、さめざめと泣いた。

演技はお手のものであろうが、流す涙に嘘はなさそうだ。

勘兵衛は、つとめて優しい口調で語りはじめた。

「おれはみた。佐保之丞一座の芝居小屋が潰れた日の朝、鶴吉は大橋の欄干から河原をじっとみつめていた。おもいつめた顔だったぜ。あれはたぶん、おめえのことをおもっていたにちげえねえ」

「まことですか」

「鶴吉はおめえに迷惑が掛からぬようにと、気持ちが離れたようにみせかけていたのさ。それを証拠に、鶴吉はいつも、おめえとうりふたつの顔をしていたそうだ」

「え、わたしと」

「化粧で顔をつくっていたのさ。おおかた、自分のなかに辻村貞次郎を住まわせておきたかったのだろうよ」

「そ、そんな……う、うう」

貞次郎は胸を抱え、嗚咽《おえつ》を漏らしはじめた。

勘兵衛はこの機を逃さない。

「泣くんじゃねえ。おめえなら、鶴吉を殺った野郎に心当たりがあるはずだ。そいつの名を言ってみな。供養だとおもってな」

貞次郎はしゃくりあげ、きれぎれにことばを発した。

「あの子を殺させたのは、大和屋にきまっています。理由なんざ知りません。でも、殺した男の見当もついているんです」

勘兵衛は眉ひとつ動かさない。無言で促すと、貞次郎は咽喉に詰まった食い物を吐きだすように告げた。

「あるお方の駕籠脇《かごわき》に、いつも従っているお侍がおりました。月代を伸ばした浪人風体《ふうてい》のお侍だったので、用人にしては妙だなとおもったんです。その浪人者を芳町で一度だけ見掛けました。それで、ぴんときたんです。殺ったのは、あいつだと」

勘兵衛は膝を乗りだした。貞次郎は、自分と孫八を襲った男のことを喋っている。

「浪人の姓名はわかりません。でも、大和屋とは関わりがございます。なにせ、あるお方が宴席に招かれるたびに、太刀持ちよろしく連いてきたのですから」

貞次郎も何度か宴席に立ちあわされたので、記憶にのこっているという。

勘兵衛は咽喉の渇きをおぼえつつ、肝心なことを糺した。

「あるお方ってのは、いったい誰なんだ」

「高崎藩八万二千石の江戸御留守居役、川勝主水丞《かわかつもんどのじょう》さまにございます」

「高崎藩と言えば、殿様は松平右京亮……げっ、寺社奉行じゃねえか」

「仰せのとおりです」

貞次郎の目は据わっていた。

小銀杏髷の十手持ちにむかって、なにか途轍もないことを告げてしまい、後悔しているふうにも感じられた。

十二

鶴吉はなぜ、縄を切ってしまったのか。

飼い主の大和屋にそそのかされたにせよ、いったい何が十二歳の陰間を大それた行為に走らせたのか。

胸に抱いた問いのひとつが、解けたような気もする。

鶴吉は、みずからの意志で縄を切った。貞次郎との仲を裂かれ、この世との繋がりを断ちたかったのではあるまいか。

だが、身勝手な行為の代償はあまりに大きかった。おりんの命は奪われ、遺された者たちは心に深い傷を負わされた。

鶴吉のやった行為を許すつもりは毛頭ない。

ただ、勘兵衛は一抹の同情を禁じ得なかった。

多感な陰間の心を弄んだ大人たちこそ、厳しく罰せられるべきだろう。

夜になった。

勘兵衛は河原に立って「鹿角砦」を見上げている。

孫八は野良犬のように、芝居小屋の周囲をうろついていた。

「旦那」

銀次が土手を駆けおりてきた。

今晩と明晩だけは、交替で小屋に詰めることにしたのだ。

おさほは恐縮のあまり遠慮したが、勘兵衛の意志は固い。

銀次は顔を紅潮させ、篝火のそばに近づいてきた。

「金主の大和屋を、ざっくり調べてみやした」

「ふむ、どうだった」

「おりましたよ、川勝主水丞。大和屋は大名貸しまでやっていやがった」

「ほう、大名貸しか」

何万両も貸しつけた高崎藩の窓口が、川勝なる留守居役だという。

「大物です。事と次第によっちゃ、厄介な相手を敵にまわすことになる」

寺社奉行、松平右京亮とその配下のことだ。

寺社奉行は大名役、江戸町奉行よりも上席に置かれている。三奉行を構成する町奉行や勘定奉行と異なり、配下の役人にはすべて藩士が就いた。役人たちは陪臣《またもの》なので幕府への忠誠心が薄く、藩主である寺社奉行に絶対の服従を誓っている。一枚岩の結束を誇る連中だった。

留守居役は藩内でも重要な地位を占め、幕閣との橋渡し役でもある。たとい、悪事に関わっているとしても、白洲に連れだすのは無理だ。そもそも、町奉行所《まちかた》の役人は藩籍に列挙された侍を捕縛できない。

「川勝主水丞は深川の料亭で三日にあげず、大和屋から接待を受けておりやす」

「なるほど」

　大金を貸したうえに、高級料亭で接待をかさねる。それでも、相手が寺社奉行の重責を担う藩の留守居役ならば算盤《そろばん》勘定は合う。役宅を兼ねる高崎藩の上屋敷は、南町奉行所と近い数寄屋橋《すきやばし》御門内にあった。大和屋にかぎらず、賄賂《まいない》を携えて役宅に日参する者は多いと聞く。

「それから、宮地芝居で縄腐れがあった件ですが、そっちも妙な塩梅《あんばい》で」

「ほう」

「ちょいと調べてみりゃ、誰かが小細工したってことはわかるのに、五件とも縄腐れで小屋は倒壊、それ以上の探索にはおよばず、ってなことで手仕舞いにされておりやした」

「孫八の読みどおりか」

「仕組まれたんですよ。誰にとは言わねえが、汚ねえ裏金が渡っていたにちげえねえ。こんどの一件も似たようなもんだ。大和屋は大金を貸した強みから、川勝主水丞に厄介事を依頼した」

「なるほど」

　銀次の指摘に、勘兵衛は渋い顔で頷いた。

「鶴吉を殺った男のほうはどうだ、なにか手懸かりは」

「驚くなかれ、川勝家の食客に馬庭念流の遣い手がおりやす」

「まことか、それは」

「姓名は鷲《わし》尾《お》斧《おの》次《じ》郎《ろう》。大和屋がよく使う料亭の女将に聞いたんですがね、貞次郎が言ったとおり、川勝主水丞の駕籠脇にはいつも月代の伸びた浪人者が控えているそうで」

女将に人相書をみせたところ、鷲尾斧次郎の特徴と一致した。

「旦那を襲ったのも、たぶんそいつだ」

「銀次、でかしたぞ」

「裏をとっただけですよ」

「それにしても、面倒な筋書きだな」

高崎藩の留守居役が悪徳商人に頼まれ、金で雇った凄腕の浪人者に汚れ仕事をやらせているのだ。

「もうひとり、この一件に絡んでおりやす」

「帳元の初春か」

「ご名答。宴席にもちょくちょく顔を出すのだとか。そもそも、大和屋を弥生興行の金主に引っぱりこんだ張本人ですし、ひょっとしたら、筋書きを描いたのは初春のやつかもしれねえ」

「悪党が芋蔓《いもづる》のように出てきやがる」

「立女形の貞次郎はどうでやしょうかね」

「白だな」

勘兵衛は、あっさり吐いた。

鶴吉を奪われた恨みが深いだけに、金で誘われても仲間にはなるまい。

「どうしやす。手はじめに、大和屋佐平の顔でも拝みにめえりやすか」

「待て。黒幕が寺社奉行配下の重臣だとすれば、下手には動けまい」

大和屋を叩いても、証拠隠滅をはかられ、真相は藪の中に隠される公算が大きい。

「だったら、どうすりゃ」

「どうするかな」

正直、勘兵衛は考えあぐねた。

そこへ、前触れもなく、大きな人影があらわれた。

「うへっ」

銀次が仰《の》けぞった。

勘兵衛は身構える。

「ふぇっ、ふぇっくしょい」

篝火の炎が揺れた。

暗闇から抜けでてきたのは、鯉四郎である。

「穴熊が穴から出てきよったな」

「すみません、遅くなりました」

「風邪は」

「もう大丈夫です」

赤っ鼻で眸子を潤ませ、無理に笑顔をつくってみせる。

「大丈夫そうにゃ、みえねえがなあ」

銀次が怪訝《けげん》そうな顔で睨みつけると、鯉四郎は炎に両手を翳した。

羽織から綿を抜くにはまだ早い。朝晩はけっこう冷える。

鯉四郎は、驚くべきはなしを携えてきた。

「本所廻りが隠密裡に、立女形の辻村貞次郎をしょっぴいたそうです」

「なにっ、何刻のはなしだ」

「つい、半刻ほどまえです」

大番屋の小者たちがひそひそ話しているのを聞いたという。

「なんでも、陰間殺しに関わりがあるとかどうとか」

「案ずるな。明日になれば、縄を解かれるはずだ」

「どういうことですか」

「宍戸のやつ、看板役者の縄を解いてやるかわりに、櫓主から法外な目こぼし料をふんだくる腹なのさ」

「まさか」

「権力を笠に着て弱い者を痛めつけ、金品を掠《かす》めとる。そいつは、十手持ちが死んでもやっちゃならねえことだ」

「ところが、本所廻りの連中は、捕り方の魂を平然と売っている」

「そういうことだ。ま、詳しいはなしは、銀次に聞いておけ」

「長尾さまは」

「そのあたりを、ちょいとひとまわりしてくる」

勘兵衛は歩みかけ、つっと振りむいた。

「よいか、鯉四郎。四方に目を光らせておくのだ。怪しい浪人者には気をつけよ。馬庭念流の遣い手だぞ。力量は、そうよな、おぬしと五分を張るかもしれぬ」

「ほほう」

「手強いぞ。わかっておるとおもうが、馬庭念流は護身を旨とする。対手《あいて》の力を受けながし、無にしてしまう受け技に妙味がある」

「米糊《そくい》付《づ》けですな」

「さよう。あるいは、刀を腕の延長とみなすそうだ。これを、体中剣《たいちゅうけん》と称するとか」

「馬庭念流の遣い手が、陰間殺しに関わっているのですね」

「病みあがりにしては、察しが良いな」

勘兵衛は鯉四郎と銀次をのこし、汀に沿って歩みはじめた。

十三

大橋の太い橋桁の陰から、長身痩軀《そうく》の男がのっそりあらわれた。

暗がりで編笠をかぶっている。

ただでさえ怪しいうえに、殺気を帯びていた。

だが、鷲尾斧次郎なる浪人ではない。獣臭を感じなかった。

「もし、長尾勘兵衛どのか」

くぐもった声が聞こえてきた。

丁重な態度に、少しほっとする。

「いかにも、そうだが」

「いろいろと調べておいでのようだが、この一件から手を引いてもらえまいか」

「この一件とは」

「芝居小屋潰しに陰間殺し、いずれも当藩の重臣が関わっておる」

「貴殿は高崎藩のお方か」

「名乗ってもよいが、そちらの返答次第では斬らねばならぬことになる」

「穏やかなはなしではないな」

「何も言わず、手を引いてほしい。こたびの一件が表沙汰になれば、わが殿に累がおよぶは必定」

「事と次第によっては寺社奉行の役を解かれ、謹慎の沙汰が下されるやもしれぬ」

「脅すのか、臨時廻りの分際で」

「とんでもない。八万二千石を相手取って喧嘩するつもりなど、毛頭ござらぬ」

「望みは金か、それとも地位か。手を引くと言うなら、できるだけの配慮はいたそう」

配慮のできる立場にあるということは、寺社奉行に近い人物なのか。

勘兵衛は声を押し殺す。

「芝居小屋を襲わぬという保証は」

「条件は、それか」

「無論、ご重臣のご処分はすみやかにおこなっていただく。できますかな」

「もとより、すでに手は打ってある」

「それはそれは。されば、商人の処分はこちらにお任せ願いたい」

「ならぬ。商人の口から由々しき内容が漏れることもあろう。こちらでしかるべく処分いたす。それと、河原の芝居小屋を襲わせぬ一件だが、それも保証はできぬ。なにせ、藩籍にない狼藉者が闇で蠢いておるのだ」

「無条件で手を引け、というに等しいですな」

「そう考えてもらってもよい」

「せめて、貴殿のご姓名だけでもお教えを」

つかのまの沈黙が、えらく長いものに感じられた。

「拙者は左文字《さもんじ》隼人《はやと》、寺社奉行直属の与力をつとめておる。藩にもどれば目付でな、重臣のあらさがしをする嫌われ者よ」

「かしこまりました」

勘兵衛は、ぺこりと頭を垂れた。

「手を引いてくれるのか」

「ご重臣と商人のお裁きは、貴藩にお任せいたしましょう。ただし、振りかかる火の粉だけは払わねばなりませぬ。事と次第によっては、貴藩に関わりの深い者を斬らねばならぬやも」

「詮方あるまい」

「ひとつ、お聞きしてもよろしいか」

「なんだ」

「わたしのような臨時廻りに、なにゆえ、仁義を切りなさる」

「うぽっぽを怒らせたら、厄介なことになる。そう、あるお方にご助言いただいてな」

「あるお方」

「おぬしのよく知るお方よ」

「ほう」

「おぬしをえらく買っておられたぞ。ふっ、正直に申せば、鬼瓦のような人物を想像しておったのだが、そうではなかった」

「ごらんのとおり、風采のあがらぬ男ですよ」

「人は見かけによらぬもの、能ある鷹は爪を隠すともいうしな」

左文字と名乗る男は、鳥が囀《さえず》るように笑いながら去った。

勘兵衛はようやく肩の力を抜き、ほっと息を吐いた。

十四

倒壊から五日目、おりんの初七日法要はいよいよ明日に迫った。

早朝、勘兵衛は「福之湯」に足をむけた。

なにがあっても、朝風呂の習慣だけはやめられない。

熱い一番風呂に浸かると、脳天が痺《しび》れ、あたまが冴えてくる。

女湯の暖簾をくぐった。

番台に座る撫で牛は、銀次の女房のおしまだ。

あくびを嚙みころし、眠たそうな目を寄こす。

「あら、旦那」

「おはようさん」

床に目を落とせば、大笊《おおざる》いっぱいに青々とした七草が積んである。

「ちょいと、采女《うねめ》ヶ原まで草摘みに出掛けましてね。蓬《よもぎ》に芹《せり》に野蒜《のびる》に嫁菜《よめな》、どっさりありますから、お帰りにどうぞ」

「すまねえな」

「いいんですよ。そんなことより、先客が」

「薊《あざみ》の旦那かい」

「ええ」

勘兵衛は頰を緊張させ、脱衣場に踏みこんだ。

板間の隅には、自分専用の刀掛けが置いてある。

飾りも同然の大小を掛け、素早く着物を脱いだ。

留め桶と糠袋《ぬかぶくろ》を提げ、跫音《あしおと》をしのばせて流し場へむかう。

箔絵で飾られた破風《はふ》をちらりと仰ぎ、柘榴口《ざくろぐち》へ屈みいった。

濛々と湯煙が立ち、視界は利かない。

「来よったな」

湯煙のむこうから、疳高《かんだか》い声が聞こえた。

「遠慮はいらぬ。湯に浸かれ」

「は」

勘兵衛は手桶で湯を汲み、さっとまえを流した。

一番風呂はとにかく熱い。爪先をそろりと入れ、膝から腰、腹から胸へ徐々に入れてゆく。肩まで浸かると、いつもの心地よい痺れが走った。

刹那、ざぶんと音を起て、薊の旦那が立ちあがった。

湯煙が消しとび、筋骨隆々とした老人が顔を差しだす。

つられて、勘兵衛も立ちあがる。

「たぷたぷの腹をしおって」

薊の旦那は捨て台詞をのこし、湯舟の外に乗りだした。

茹《ゆ》で海老になった背中には、極彩色の彫物を背負っている。

現世の不浄を排除する憤怒《ふんぬ》神、烏枢沙摩《うすさま》明王にほかならない。

「うぽっぽ、早《はよ》う来ぬか」

「はは」

勘兵衛は温まる暇もなく、柘榴口を抜けた。

明王を背負った男が、洗い場に座っている。

とても、齢《よわい》六十九の老人とはおもえない。

化け物だなと、勘兵衛はおもった。

「背中を流せ」

「は」

勘兵衛は、腰をこごめて近寄った。

烏枢沙摩明王を磨くと、垢《あか》がぼろぼろ落ちてくる。

「むふふ、極楽じゃわい。この世にはびこる悪党も、垢みてえにこそぎおとせりゃ世話はねえな」

「御奉行の仰せのとおりです」

「御奉行はやめておけ。番台の撫で牛が聞いたら、腰を抜かすぞ」

「は」

お辞儀をした途端、額《ぬか》がぺたりと背中にくっついた。

薊の旦那とは南町奉行、根岸鎮衛《ねぎしやすもり》のことである。

御家人の身分から立身出世を果たし、肥前守という官名を与えられる地位まで昇りつめた。幕閣の信頼も厚い。勘定方の出身で実務に精通した能吏だが、市井の人々の機微にもよく通じていた。

その男に、勘兵衛は買われている。

根岸が「福之湯」へ顔を出すのは、特別な事情があるときだけだ。廻り同心風情にしてみれば奉行は雲上の人、奉行所内では会話を交わすこともできないので、こうして銭湯で裸のつきあいをするようになった。

「善人ぶった面をして、腹んなかは烏賊墨《いかすみ》のごとく黒い。今の世の中、そうした連中が多すぎやしねえか。なあ、うぽっぽ、役人どもからして腑抜けた野郎ばかりだ。金持ちに毒水を啜らされ、弱い者いじめをしていやがる。尻の穴に擂《す》りこぎでも突っこんでやりてえ気分だぜ」

今朝の根岸は虫の居所がわるそうだ。

背中を擦る手にも、自然、力がはいる。

「痛っ、痛えぞ、うぽっぽ、もそっと優しくやれ」

「申し訳ございませぬ」

「ところで、陰間殺しの調べはすすんでおるのか」

「え、御奉行がなにゆえ、その一件をご存じなので」

「昨夕、駿河台《するがだい》の自邸に偉そうな二人組が来おってな。聞けば、高崎藩の次席家老と目付じゃと抜かす。折りいってはなしがあると申すので、座敷に通してやったのだわ」

「はあ」

「左文字某とか申す目付、関八州では名の知れた刀鍛冶の末裔らしゅうてな、土産に先祖伝来の小さ刀を携えてきおった。そのうえで頼みがあると申すので聞いてみると、陰間殺しの経緯《いきさつ》を語りだす。仕舞いには自藩の留守居役が凶事の黒幕だと抜かす始末、眉に唾付けて糺したところ、左文字某の口からおぬしの名が出た」

「拙者の」

「おう。隠居間近の臨時廻りが、手柄欲しさに嗅ぎまわっておる。町奉行の権限でどうにかしてくれと、阿呆面さげて頼みよるのさ」

「御奉行は何と」

「嗤《わら》った。腹が捩《よじ》れるほど可笑《おか》しゅうてな。ふたりとも、鳩が豆鉄砲でも食ったような面をしておったわ。が、すぐさま、腰を抜かした」

「どうなされたので」

「ふふ、小さ刀を拾いあげ、抜くが早いか、畳に突きたててやったのよ」

「なんと」

「たかが臨時廻りと侮るなかれ、うぽっぽを怒らせたら手がつけられぬ鬼と化すとな。まあ、はったりをかましてやったわけさ。ふたりとも、亀のごとく首を縮めよった。ちと哀れになってな、用件は適当に伝えておくと返答した。それが顛末《てんまつ》よ」

「さようでしたか」

「連中の意気込みから推すと、近いうちに川勝とか申す留守居役は捕まるぞ。無論、芝居の金主になった商人も同罪よ。金主が捕まれば、どうなる。中村座は弥生興行を取りやめざるを得まい。新しい金主がみつかれば、はなしは別じゃがな。はたして、帳元にそれだけの力量があるかどうか」

「なるほど」

「芝居のほうは気にするな。おめえにゃ関わりのねえことだ」

「はあ」

「おめえの好きなようにやりゃいい。それで、江戸のでけえ垢がひとつ、こそげおとせるんならな」

「かたじけのう存じます」

「気の抜けた声だのう。なにを案じておる」

「向両国の芝居小屋にございます」

「女芝居か、佐保之丞一座というたかな」

「はい。明日、法要芝居を打たねばなりません」

「法要芝居とな」

勘兵衛が一連の経緯を告げると、根岸は黙った。

「火矢でも掛けられまいかと、案じております」

「それなら、吟味方の門倉《かどくら》角《かく》左《ざ》衛門《えもん》に助力を請うがよい。昨晩の一件、門倉にだけは伝えておいた」

「は」

「うぽっぽ、たとい小屋を燃やされても、落ちこむことはねえ。屋根や壁がなくたって、芝居はできるんだ」

「はあ」

「万が一のときは、江戸でいっとう客の集まるところで演らせてやってもいい。世知辛《がれ》え世の中だ、市井の連中が心底から拍手喝采をおくるすがたを、おれもたまにゃみてみてえしな。おっと、今のは銭湯好きな爺の言ったこと、聞きながしてくれい」

あっけらかんとした根岸の態度に、勘兵衛は勇気づけられた。

「あの、ひとつお聞きしても」

「おう」

「左文字家伝来の小さ刀は、どうなされたのですか」

「くれるというものを、返《け》えすわけにもゆくめえ。へへ」

火焔《かえん》を纏った烏枢沙摩明王が、波打つように笑ってみせた。

「うぽっぽ、手を休めるな」

「はは」

根岸の怒声が、耳に心地よい。

勘兵衛は、明王をごしごし磨きはじめた。

十五

——ふい、ふい、ふいいい。

鷽《うそ》の雄が鳴いている。

雀よりもやや大きく、薔薇《ばら》色の頬をもつ鳥だ。

亥ノ四つ半、あと半刻もすれば日付が変わる。

「あとひと晩だけ、何とか乗りきれば」

勘兵衛は、祈りたい気分だった。

おさほたちには是が非でも、芝居を打たせてやりたい。

法要芝居の成功は一座の者のみならず、今や、多くの人々の祈願でもあった。

眉よりも細い月が、群雲をちぎっている。

向両国の河原は、張りつめた空気につつまれていた。

芝居小屋の周囲には煌々《こうこう》と篝火が焚かれ、ほとんどの者が起きている。

土手のうえや川筋には、鎖鉢巻きを着けた大勢の捕り方が潜んでいた。

いずれも、柿色装束に身を包み、顔に炭を塗っている。

隠密行動の指揮を執るのは門倉角左衛門、根岸秘蔵の内与力だ。

極めて有能なので、吟味方にまわされた。用人あがりの遣り手だけに、奉行所内では敵も多い。外見は仁王のようで口調も突《つ》っ慳貪《けんどん》だが、与力のなかでは唯一、勘兵衛の意見に耳を貸してくれる上役だった。

「長尾、捕り方の数は五十人からおるぞ。まんがいち敵が襲うてきたら、ちょっとした合戦になろう」

「困りました。流血は避けたいのですが」

「甘いことを抜かすな。助勢を申しでたのは、おぬしではないか」

「はあ。それにしても、せいぜい二十名程度と予想しておりましたもので」

「御奉行直々に手伝ってやれと命ぜられたら、気張らぬわけにもゆくまい」

「かたじけのうござります」

「ふふ、久方ぶりに血が騒ぎよる。わしらの立つ河原は関ヶ原よ。今宵は天下分け目の一戦、迎え撃つ相手は強敵じゃ。さあて、敵さんはどこから攻めてくるか」

「敵の数もわからねば、どのような相手かもわかりませぬ。藩士なのか、それとも、金で雇われた浪人どもなのか。しかも、先方には馬庭念流の遣い手がおります。舐めてかかれば、足もとをすくわれますぞ」

「なあに、案じることはない。末吉鯉四郎は小野派一刀流の剣客であろうが。わしとて無外流の免許皆伝、いざとなればその遣い手と斬りむすぶまでじゃ。軍師格のおぬしもおるしな。亀の甲より年の功で、勝機を呼びこんでくれい」

「軍師をご所望なら、紹介したい人物がおります」

「ほう」

勘兵衛は暗がりから離れ、孫八を連れて帰ってきた。

「誰かとおもえば、砂絵師ではないか」

「ただの砂絵師ではありませぬぞ」

孫八の素姓をかいつまんで説明すると、門倉はしきりに感心してみせた。

「なるほど、岩国藩で一揆鎮圧にあたっておられたか。それなら、軍師には打ってつけかもしれぬ」

「とんでもねえ。あっしはただ、砦を襲う連中の考えがおおよそわかるだけで」

「なら聞くが、わがほうの数、配置はどうだ」

「申しあげても、よろしいんですか」

「遠慮はいらぬ、言うてみろ」

「今し方、おもいついたんですがね。あっしが夜襲を仕掛ける側なら、六人ほどでやっちめえやす」

「ろ、六人だと」

「三人でも、やってやれねえことはねえ」

「どういうことだ」

「三人のうち、ふたりは弓の名手。そして、ひとりは漕ぎ手」

孫八は説明しかけ、ふっと口を噤んだ。

——ぼっ、ぼっ。

突如、布を翻すような音が聞こえた。

「あっ」

孫八が宙を指す。

門倉も勘兵衛も口をぽかんと開け、夜空を見上げた。

炎がふたつ、山なりに弧を描いて飛んでゆく。

落ちたさきには、芝居小屋があった。

剣菱の酒菰に火がつき、激しく燃えあがる。

「火矢だ、火矢だ」

捕り方の一群が、どっと土手から駆けおりてきた。

川筋からも持ち場を離れ、大勢が駆けてくる。

――ぼっ、ぼっ。

不気味な音とともに、炎はつぎつぎに弧を描いた。

「消せい、早う消せい」

塗り笠をかぶった門倉が、必死に叫んでいる。

火矢はことごとく、小屋の頂部を狙っていた。

一本は鹿角を射貫いている。

消そうにも、高すぎて届かない。

「旦那、猪牙だ。敵は猪牙に乗ってやす」

孫八の叫ぶとおりだった。

暗い川面を滑る快速船のうえから、ふたりの男が火矢を放っている。

棹を握る船頭役もふくめ、敵は三人しかいない。

火矢は十四、五本たてつづけに放たれ、的確に目標をとらえた。

酒菰で覆われた小屋だけに、火のまわりは速い。

「逃げて、早く逃げて」

女や子どもは悲鳴をあげ、燃えさかる小屋の周囲を駆けまわっている。

捕り方は類焼を防ぐのに手一杯だ。四散する火の粉を追いかけ、布切れや足で消してまわっている。

「くそっ、やられた」

門倉は、地団駄を踏んで口惜しがった。

猪牙は今や、闇の彼方《かなた》に消えかかっている。追っ手を掛ける術もない。

「勘弁してくだせえ。あっしが、まちっと早くおもいついていれば」

がっくり項垂《うなだ》れる孫八の肩を、勘兵衛はぽんと叩いてやった。

「がっかりするな。芝居は成功させてやる」

われながら、根拠のないことを口走ったものだ。

小屋が焼けた以上、法要芝居は打てない。

建てなおそうにも、猶予がなさすぎた。

明日でなければ、意味はないのだ。

おさほも、きっと口惜しがっていることだろう。

怒りというよりも、勘兵衛は虚脱にとらわれた。

土手のうえに退避したところへ、銀次が駆けこんできた。

「旦那、てえへんだ」

「どうした」

「帳元の久保田初春が刺されやした。刺したな、立女形の貞次郎」

「なにっ」

「出刃《でば》で胸をひと突き、初春は血達磨になって即死でさあ」

「貞次郎は」

ざんばら髪で出刃をぶらさげ、芝居町を放心したように歩きまわり、駆けつけた捕り方に縄を打たれたという。

「捕まったとき、貞次郎は白装束を纏っていたとか」

「死出装束かよ」

鶴吉のもとへ、逝こうとでもおもったのか。

「ちっ、本所廻りも罪なことをしたもんだぜ」

銀次の言うとおりだ。宍戸たちは証しもなしに縄を打ち、仕置き部屋で十三貫もある伊豆石を抱かせ、貞次郎を苦境に追いこんだ。それが殺しの引鉄《ひきがね》になったとすれば、本所廻りの罪は重い。

しかし、文句をならべたところで、やってしまったことはとりかえしがつかぬ。

当代一の立女形が帳元を殺めた理由、それを知りたがらぬ江戸雀はおるまい。

ひょっとすると、下手な芝居より面白い筋立てが浮かんでくるかもしれなかった。

ともあれ、貞次郎には重い罰が下り、帳元を失った中村座は弥生興行を断念せざるを得ないだろう。金主である大和屋の損失もはかり知れぬが、櫓主としては何よりも小屋への信頼を回復させることが先決だった。ただでさえ人気に翳《かげ》りがみえはじめたところへ、とんでもない凶事がかさなったのだ。

「銀次、泣きっ面に蜂とは、まさにこのことだな」

「へい。こっちの芝居小屋は燃え、あっちの芝居小屋は幕がいつ開くとも知れねえ。こいつも因縁ですぜ」

「まったくだ」

勘兵衛は放心したように、炎の蛹《さなぎ》と化した芝居小屋をみつめた。

十六

弥生三日、雛祭り当日。

勘兵衛は鯉四郎を連れ、廃寺のあった菊坂の雑木林にもういちど足をはこんでみた。高崎藩の中屋敷は目と鼻のさきにある。そんなところに獲物が潜んでいるともおもえなかったが、ほかに手懸かりもなかった。

勘兵衛は自分に怒っていた。

根岸の御墨付きも得、門倉に捕り方の手配りまでさせておきながら、芝居小屋を守ることができなかった。

おりんを弔う法要芝居は夢と消え、佐保之丞一座の面々は意気消沈している。それどころか、路頭に迷わねばならぬところまで追いつめられていた。

芝居小屋ばかりか、鬘も衣裳も焼けてしまったのだ。白粉を塗ろうにも、鏡台ひとつない。ここまで歯を食いしばってきた女役者たちも、さすがに憔悴《しょうすい》しきり、立ちあがる気力も湧いてこない様子だった。

そのことが、勘兵衛には悲しかった。

せめてもの救いは、類焼が避けられたことだ。

同情を寄せる者の輪がひろがり、見舞金も集まりつつあった。

落ちこんでいる暇はないと、おさほだけは気丈にもみなを奮いたたせている。

だが、再生の目処《めど》は立たない。

せめて、勘兵衛は芝居小屋を焼いた悪党を捕まえてやりたかった。

おりんもきっと、それを望んでいるにちがいない。

雑木林に踏みこんでみると、はたして、敵は潜んでいた。

すがたはみえずとも、気配で察したのだ。

「おりますな」

鯉四郎も勘づいた。

正面に佇む廃寺までは半町、雑草や喬木が視界を阻み、潜んでいる者たちの位置は特定できない。

「ひとり、ふたり……」

少なくとも、三人はいる。

勘兵衛と鯉四郎は身を屈め、慎重に歩をすすめた。

刹那、弦音が響いた。

――びん。

禍々《まがまが》しい風切音とともに、左手から鏑矢《かぶらや》が飛んできた。

――ひゅるるる。

首を縮めて躱すやいなや、反対側から二本目が飛んでくる。

正確に狙っているのではなく、威嚇のために放っているのだ。

射手はふたり、猪牙のうえから火矢を放った連中であろうか。

「くふふ」

いつのまにか、廃寺を背にして、大柄な浪人が仁王立ちしていた。

鼻と口のひん曲がった三日月顔の男だ。

悪相をさらし、自信ありげに笑っている。

生きて帰す気がないのだろう。

「よう来たな」

朗々とした声が響いた。

勘兵衛だけが、叢《くさむら》からひょいと顔を出す。

兎《うさぎ》のように耳を澄ました。

弦音は聞こえてこない。

「鷲尾斧次郎か」

怒声を張りあげた。

「ようわかったな、わしがここにおると」

「当てずっぽうよ」

「ふん、飛んで火にいる何とやら」

「おぬし、誘うたのか」

「ご名答。おかげで手間が省けたわい。おぬしには、いささか恨みがある」

「どんな恨みだ」

「苦節十余年、わしは食うや食わずの生活を強いられてきた。高崎藩の留守居役に気に入られ、ようやっと出世の手蔓をつかみかけたのだ。そのやさき、取るに足らぬ河原芝居に関わったおかげで、金も地位も泡と消えた。長尾勘兵衛、うぬは事を大きくした。吹けばとぶような臨時廻りのくせにな。おぬしが犬のように嗅ぎまわらねば、ごまかしようはいくらでもあったのだ」

「悪党の恨み言か」

「早晩、川勝主水丞は腹を切らされる。大和屋佐平は打ち首となろうが、とばっちりは御免だ。わしは川勝や大和屋に恩義なぞない。きゃつらがどうなろうと知ったこっちゃない。ただな、恨みは恨みとして晴らさずにはおけぬ」

「ようわかった。わかったうえで聞くが、縛につく気はないか」

「笑止」

「ならば、尋常に勝負しろ。飛び道具は卑怯《ひきょう》だぞ」

「ぬはは、命の取りあいに卑怯も糞もあるか。ふっ、そういえば、おぬしとおなじ台詞を吐いた阿呆侍がおった」

「なにっ」

「目付の左文字隼人さ。もう、この世にはおらぬがな」

「斬ったのか」

「ああ、鬱陶《うっとう》しゅうてな」

「悪党め、覚悟せい」

勘兵衛の合図で、鯉四郎が左に弾けとんだ。

「はっ」

勘兵衛も土を蹴る。

右手に潜む射手にむかって、一直線に駆けよった。

浪人風体の射手は、今まさに矢を放ったところだ。

——びしゅっ。

勘兵衛は駆けながら、矢を十手で叩きおとした。

「ふりゃっ」

気合いもろとも、相手の脳天に鉄槌を振りおろす。

「ぬひゃっ」

射手は昏倒し、ぴくりとも動かなくなった。

同時に、鯉四郎のほうも始末をつけた。

二尺五寸の大刀を峰に返し、射手の首筋を叩いたのだ。

ふたりは勢いを止めず、鷲尾斧次郎の面前に躍りでた。

「ふん、なかなかやりよる」

鷲尾は逃げもせず、三尺に近い大刀を抜きはなった。

股引に包んだ両脚を八の字に開き、重そうな腰をぐっと落とす。

頭上にもちあげた刃を寝かせ、肘《ひじ》を軽く張りながら、鯉四郎の眉間《みけん》に剣先の狙いを付けた。

馬庭念流上段の構え、独特なだけに迫力がある。

「抜かるな、鯉四郎」

「は」

対する鯉四郎は小野派一刀流、頭上にすっと太刀を立て、真っ向から白刃を斬りおとす構えだ。

攻めの鋭さと受けの妙味、相反する両者の勝負を分かつものは、太刀行きの捷《はや》さであろう。捷さは、生来の資質と鍛錬によって磨きあげられる。ただし、真剣勝負で役に立つかどうかは別のはなしだ。なにより、実戦勘がものをいう。ひとを殺めた数が多い者の優位は動かない。

勘兵衛は、一歩退いて助言をあたえた。

「鯉四郎、斬ってもよいぞ」

「は」

鷲尾は上段に構えたまま、微動だにもしない。

わざと懐中に隙をつくり、対手が斬りこむ瞬間を待っている。

毒蜘蛛《どくぐも》が糸を張りめぐらせ、獲物を狙っているようなものだ。

誘いに乗ったら危うい。

が、みずからの力量を信じ、斬りこむ以外に手はなかった。

勘兵衛は、また一歩退いた。

ここは鯉四郎に託すしかない。

「へいやっ」

紫電一閃《しでんいっせん》、二尺五寸の刃が伸びた。

斬りおとしではなく、鯉四郎は突きに出た。

二段、いや、三段突きだ。

「なんの」

鷲尾は柔軟に受けながし、突きを難なく躱しきる。

逆しまに籠手を斬られ、鯉四郎は刀を落としかけた。

「ふおっ」

すかさず、水平斬りがくる。

これを右手一本で弾き、鯉四郎は間合いから逃れた。

ふっと息を吐き、上段に構えなおす。

小手先の技が通用する相手ではない。

もはや、必殺の斬りおとしに賭けるしかなかった。

さよう、斬りおとししかあるまい。

鷲尾斧次郎も、勘兵衛も、そうであろうと確信した。

無論、白刃を峰に返す余裕など、あろうはずもなかろう。

鯉四郎は血に染まった左手で、腰に差した小刀の柄を握りしめた。

右手一本で大上段に構え、鋭い眼光で鷲尾を睨みつける。

「まいる」

静かに発した。

毛臑《けずね》を剥き、やや前傾で駆けよる。

「小癪《こしゃく》な」

鷲尾は腰溜めに構え、上段をくずさない。

「いやっ」

鯉四郎は跳躍し、片手打ちで斬りおとす。

――ぶんっ。

刃風《はかぜ》が唸った。

「なんの」

鷲尾は、剛刀を撥《は》ねあげる。

金属音とともに、火花が散った。

鯉四郎の白刃は、まっぷたつに折れている。

「うぐっ」

顔を歪めたのは、鷲尾のほうだ。

みやれば、下腹に小刀が刺さっている。

大刀を折られた瞬間、鯉四郎は左手で小刀を抜いたのだ。

「ひ……卑怯なり」

鷲尾は、がくっと片膝をついた。

刀を振ろうにも、腹に力がはいらない。

着物は血で滲《にじ》んでいる。小刀を抜けば、夥《おびただ》しい血が噴きでてこよう。

だが、抜かずに仁徳のもとへ連れてゆけば、命は助かる。

「鯉四郎、急所をはずしたな」

「は」

たとい、相手が断罪されるべき悪人であっても、生かして捕らえるのが廻り同心の道である。鯉四郎は、おのれの役目を忠実に守った。

「手の傷はどうだ」

「浅うございます」

「ふむ、ようやった」

「長尾さま、あとは河原芝居をどうするかですね」

「どうすると言われても、どうにもできまい」

投げやりな口調で言いはなち、がっくり肩を落とした。

すると、銭湯で根岸に告げられた台詞が耳に甦ってきた。

――万が一のときは、江戸でいっとう客の集まるところで演らせてやってもいい。

なるほど、その手があったか。

勘兵衛は、妙案をおもいついた。

難しいが、やってやれないことではない。

十七

弥生九日。

江戸市中には強い西風が吹いている。

この日、堺町の中村座では秘かに「桜吹雪忠臣蔵」と銘打って、一日かぎりの弥生興行がおこなわれた。

といっても、何かと口うるさいお上への配慮から、表向きは法要の体裁がとられ、市村座や他の芝居小屋が幟や看板で華やかに彩られるなか、中村座の芝居小屋だけは白黒の幔《まん》幕《まく》で覆われ、正面におおきく「忌」の字が貼りだされた。

一種異様な光景ではある。

ところが、朝未きから、木戸口は騒がしくなった。

好奇心旺盛な江戸雀たちが噂を聞きつけ、我も我もと集まってきたのだ。

「本日は法要なれば、弔問のお客様以外のご来場は固くお断り申しあげまする」

木戸役者らしき優男が喪服を纏い、集まった連中に声を掛けている。

客は口々に問いかけた。

「いってえ、誰の法要でえ」

「それは観てのお楽しみ……あ、失礼。なにはともあれ、香典代四文を頂戴できれば、弔問をお受け申しあげます。どなたさまもお静かに、お並びくださいまし」

騒々しい客たちを押しのけ、びんぞりの文七が怒鳴りこんでくる。

「この野郎、なかで芝居を打つんじゃねえだろうな」

「滅相《めっそう》もございません」

「中村座の弥生興行は取りやめになったはずだろうが」

「ですから、これは法要にございます」

「正直に吐け、法要芝居を打つんだろうが。それが女芝居なら、御法度《ごはっと》だぜ」

怯《ひる》んだ木戸役者を脇へ押しやり、背後から六尺豊かな大男がぬっと顔を出した。

「びんぞりめ、がたがた抜かすんじゃねえ」

末吉鯉四郎である。

ぎょろ目を剝き、怒声を張りあげた。

「本所廻りだけはな、土下座されても入れるわけにゃいかねえんだ。文句があんなら裏口へまわれ。痛い目をみせてやる。ふん、それができねえなら、とっとと失せろ」

周囲から、拍手が湧きおこる。

「くそっ、おぼえてやがれ」

文七は尻尾を巻いて逃げさった。

鯉四郎は正面口にでんと居座り、集まってくる連中に睨みを利かせる。

たとい、宍戸馨之介があらわれても、通すつもりはない。

力ずくでも阻んでみせると、鯉四郎は意気込んでいた。

拍子木の響く小屋内を覗けば、客席はすでに大入り満員、立錐の余地もない。

今日ばかりは桟敷や高土間や枡の区別もなかった。客たちはてんで好き勝手に座り、幕が開くのを待っている。

着流し姿の勘兵衛は、かぶりつきのまんなかに陣取っていた。

鷲尾斧次郎に縄を打った日、秘かに中村座を訪ね、木戸銭四文の法要芝居を打ってみないかと、櫓主に掛けあった。

立女形が帳元を刺し殺すという前代未聞の失態で、中村座の看板は傷ついた。馴染みの客からは反感を買い、弥生芝居は興行の目処も立っていない。起死回生の妙案はないものかと途方に暮れているところへ、勘兵衛によって効果覿面《てきめん》の劇薬がもちこまれたのだ。

櫓主は、ぐらりと気持ちを動かされた。

芝居好きな連中にかぎらず、佐保之丞一座が不運に見舞われた経緯は江戸市中にあまねく知れわたっている。ここで助け船を出せば「櫓主は太っ腹だ。粋なはからいをした」との評判が立ち、中村座の人気は回復するにちがいない。

しかし、首を縦に振るには相当な勇気がいる。なにしろ、伝統と格式のある中村座の舞台で、小芝居を打ったためしがなかった。

前代未聞の大珍事、しかも、女芝居を打ったとあれば手鎖は免れない。

法要のかたちをとれば何とかなると、勘兵衛は知恵を授けた。

十手を畳に置き、おれも皺《しわ》首を賭けるとまで説得した。

同心にそこまでされて、意気に感じぬ者はいない。

櫓主は折れた。

一方、佐保之丞一座に異論があろうはずはない。

実名での芝居は打たぬという条件も、高い障壁とはならなかった。女役者たちは三座の大芝居に掛けられる演目なら、どのような役柄でも台詞を諳《そら》んじることができるのだ。

ただ、ひとつだけ難題があった。おりんの初七日を過ぎてしまった今となっては、芝居を打つ名目がなくなってしまう。座長のおさほもこだわっていた点だけに、妙案をしぼりださねばならなかった。

――佐保之丞一座の初七日法要にしたらどうだろう。

勘兵衛のおもいついた代案とは、それであった。

一座は二日から三日に日付が変わったとき、芝居小屋を焼かれ、再起不能に陥った。とするならば、その日に一座の命脈が断たれたものと考え、雛祭り当日から数えて初七日にあたる弥生九日に芝居を打てばよい。天下の中村座で芝居を打ったその日から、佐保之丞一座の新たな一歩がはじまるのだ。

それならば、天国のおりんもきっと喜んでくれる。

おさほは勘兵衛に縋《すが》り、さめざめと泣いたのである。

やるときまれば、段取りは容易かった。

中村座の小道具、大道具、地方も裏方も何から何まで利用できた。なにしろ、中村座も命運がかかっている。大芝居に関わる者たちは協力を惜しまず、水際だった動きをみせてくれた。

佐保之一丞座の面々は今日まで寝る間も惜しみ、立稽古に没頭したのだ。

そうした経緯ののち、一日かぎりの法要芝居が催されるはこびとなった。

勘兵衛の両隣には仁徳と綾乃、銀次とおしまも揃い、みな、期待と不安の入りまじった顔で定式幕をみつめている。

中村座の定式幕は右から黒、柿、白の三色染め、芝居を生業《なりわい》とする者ならば誰でも、夢にまでみるという幔幕にほかならない。

やがて、笛や鼓や太鼓からなる四拍子《しびょうし》が鳴りやみ、小屋内は水を打ったように静まりかえった。

裃《かみしも》姿の女役者がひとり、舞台の下手から堂々と登場した。

塩冶《えんや》判官の家老、大星由良之助《おおぼしゆらのすけ》に扮するおさほである。

「いよっ、佐保之丞、由良之助」

大向こうから、声が掛かった。

誰もが固唾《かたず》を呑んで見守るなか、おさほの口上がはじまった。

「おあつまりの皆々様、本日は佐保之丞一座の初七日法要へ、ようこそおいでくださりました。本来なれば、向両国の河原にて催すべきところ、小屋は燃え、痕跡もござりませぬ。急遽《きゅうきょ》、櫓主さまのご厚情により、お江戸が満天下に誇る中村座の神聖なる舞台をお借り申しあげた次第にござりまする。背に負う三色幕は重きにすぎまするが、佐保之丞以下河原芝居の面々、ここが一世一代の大勝負と腹をきめ、読経《どきょう》がわりに芝居をひとつ、皆々様にご披露つかまつりまする。演目は万病退治の独参湯《どくじんとう》、忠臣蔵の七段目、初七日法要に因み、一力茶屋の場を演じさせていただきますれば、隅から隅まで、ずずいっと、ご堪能くださりますよう、何卒《なにとぞ》、よろしくお願い申しあげまする」

凜然と発せられた口上は、客の心をつかんだ。

やんやの喝采を浴びながら、おさほは舞台の袖に消えてゆく。

太鼓による風の音が聞こえ、定式幕がするすると開いていった。

華やかな舞台に登場するのは、おさほ扮する大星由良之助である。

今日ばかりは実名での演技は禁じられているものの、たとい内蔵助が由良之助に代わろうとも、台詞の一字一句を取りまちがえることはない。

七段目は、敵討ちにたいする世間の期待が高まるなか、由良之助が敵を欺くべく、祇園で遊蕩の日々を送る場面からはじまる。敵討ちの意志を示す密書をめぐって敵味方が入り乱れ、いよいよ、由良之助が胸中に秘めていた決意をあらわにする終盤へと、一気になだれこんでゆく。

「小芝居も捨てたものではないわ」

芝居も落ちついたところで、仁徳が満足気につぶやいた。

綾乃も銀次もおしまも、満面に笑みを浮かべている。

舞台上のおさほは神々しく、おりんの魂が降りてきたかのようだ。

見得を切っては拍手喝采を浴び、見せ場では観客の涙を誘った。

幕が閉じたあとも、席を立とうとする者がいないほどであった。

法要芝居は成功裡に終わったのだ。

おおかたの客が小屋を出たあと、勘兵衛たちは腰をあげた。

「さ、帰ろうか」

外へ出ると、驚くべき光景が待っていた。

舞台衣裳を纏った佐保之丞を筆頭に、幼子もふくめた一座の面々が一列に並び、深々とお辞儀をして出迎えたのである。

「父上」

綾乃が誇らしげに、目配せをおくってくる。

「弱ったな」

勘兵衛は恥ずかしくて、穴があったら入りたい気分だった。

仁徳と銀次は胸を張り、意気揚々とさきにゆく。

一座の最後尾には、孫八が嬉しそうな顔で立っていた。

腕には勘太郎を抱いている。勘太郎はでんでん太鼓を握りしめ、にこにこ笑っていた。

「うぽっぽの旦那」

「おう、孫八か。おめえは、どうするんだ」

「へい、一座といっしょに、陸奥へめえりやす」

「ほ、そうかい。そいつは、めでてえや」

「旦那のおかげです。どれだけ感謝しても、したりねえ」

「芝居小屋の縄は切れちまったが、おめえと一座の縁は繋がったな。縁をでえじにしながら生きりゃいいさ。きっと、長生きできるぜ。ただし、おりんの供養だけは忘れるんじゃねえぞ」

「へい」

江戸はもうすぐ桜の見頃、一座は桜便りを追うように奥州路をたどる。

「千住から向こうは足を延ばしたことがねえもんで、今から楽しみでやす」

「羨《うらや》ましいな」

勘兵衛の声を、風がさらった。

「この風、おめえの故郷じゃ何て言うんだっけな」

「鹿角落とし。あっしにとっちゃ天敵でさあ」

老いた砂絵師は、皺顔をくしゃくしゃにしてみせる。

泣いているのか、笑っているのか、よくわからない。

「ふふ、達者でな」

「旦那も、どうかお達者で」

名残惜しいおもいを噛みしめ、勘兵衛はその場を離れた。

てんつくてんつく、でんでん太鼓の音だけがいつまでも鳴りひびいていた。

足力《そくりき》おでん

一

卯《う》の花が雪のような花を咲かせ、そろそろ初鰹《はつがつお》の便りも聞かれはじめたころ、勘兵衛は「神輿草《みこしぐさ》」の異名で呼ばれる邯鄲師《かんたんし》を追いかけ、内藤新宿まで足を延ばした。

甲州街道のはじまりとなる新宿は東西に細長い。勘兵衛は甲府城下で鹿革細工を営む印《いん》伝屋《でんや》の番頭に化け、西寄りの上宿裏手にある「べんてん屋」に宿をとった。

午後のやわらかな陽射しが、何とも言えずに心地よい。

二階座敷の窓際に腰をおろすと、つい、微睡《まどろ》んでしまう。

道を挟んだ対面には「えんま屋」という旅籠《はたご》の軒先がみえた。

「ようこそ、おいでなされませ」

廊下側の障子が開き、丸盆に急須と茶碗を載せた女中があらわれた。

上がり端《はな》で足を漱《すす》いでくれた丸顔の年増だ。笑った顔に媚《こ》びがある。夜になれば、泊まり客を褥《しとね》に誘う飯盛女も兼ねているのだ。

「番頭さん、甲斐路はいかがでしたか」

「ふむ、林檎《りんご》の花が匂うがごとく咲いておりましたよ」

「まあ」

女が八王子の出身と聞いていたので、勘兵衛は適当な嘘を吐いた。

「小仏峠からのぞむ富士は絶景でした。あれは何度拝んでもありがたい」

「そうでしょうとも」

女中は小鼻をおっぴろげ、大仰に頷《うなず》いてみせる。垢《あか》抜けず、純朴でもない。客を誑《たら》しこもうとする狡猾《こうかつ》さだけが目立ち、鼻白むおもいだ。

が、気をつけねばならなかった。飯盛女を敵にまわせば、宿場で欲しいはなしは何ひとつ得られなくなる。

「お連れさまは、いつごろお着きでしょうか」

「あと小半刻《こはんとき》もすれば」

「かしこまりました」

南に目を移せば、玉川上水の土手がみえる。

「おや」

土手下に高札場があり、片隅に男がひとり晒《さら》されていた。

「うふふ、あれ、今朝からなんですよう」

いつのまにか、女中が息の掛かるほど近くに立っていた。

「男の名は精三郎《せいざぶろう》、備前屋っていう見倒屋《みたおしや》の番頭でしてね。いい年こいて主人の妾とできちまい、心中騒ぎまでやらかしておきながら、あのとおり、死ねずに恥をさらしちまった。みじめなはなしでしょう」

見倒屋とは古物商のことだ。遺品などを安く見積もって買いたたくので、そう名付けられた。

「備前屋なら、瘤《こぶ》寺の門前にでんと店を構えておりますよ。店先にとってつけたような藤棚がこさえてありますから、すぐにみつかりますさあね」

主人の久右ヱ門《きゅうえもん》は五年前、しっかり者の内儀に先立たれた。しばらくして淋しさに耐えかねたのか、おふじという芸者あがりの娘を妾にしたという。

「ふうん」

「末はおかみさんにするって約束でね、藤棚までつくって迎えたのに、あっさり裏切られちまった」

　しかも、妾とできたのは正直だけが取り柄の番頭、女遊びもろくに知らない四十男であった。

「ま、こうした手合いがいっち危ういんですけどもね。惚れたら一途、何をしでかすかわかったもんじゃない。案の定、主人に逢瀬がばれた途端、おもいあまって玉川上水にちゃぽん、ふたりして沈んじまった。精三郎よりもっとみじめなのは久右ヱ門だってね、もっぱらの評判ですよう」

「片相手の妾は死んだのかね」

「死んじゃおりませんけど、虫の息だとか」

　妾が死ぬかどうかは、精三郎の生死にも関わってくる。

　心中をこころみて、女だけが死んでしまった場合、生きのこった男は例外なく死罪となる。女が息を吹きかえせば、男は身分を消されて溜《ため》送りにされるものの、命までは奪われない。それどころか、親類縁者などが溜支配の浅草弾左衛門に金を積めば、足を洗わせてもらうこともできる。

「死ねば、おふじの恨みだけがのこります。どうして、ひとりで死なせたのかってね。番頭さんは、旭地蔵をご存じですかあ」

「いいや」

「身投げ供養のお地蔵さんですよう。玉川上水の川っ縁に安置されておりましてね、夜になると祠《ほこら》から、ひとり淋しく逝っちまった女たちの啜《すす》り泣きが聞こえてくるんです。夜泣き地蔵ともいいましてね、お参りすれば赤子の夜泣きがなおるとか」

「ほう、夜泣きがねえ」

「あたしゃ子無しだからわかんないけど、仲間に聞いたはなしなんです。どっちにしろ、ざまあみろだ。備前屋は六日知らずのしわん坊、どけちの久右ヱ門と綽名《あだな》されておりましてね。あたしの遠い親戚も、ご先祖さまのお宝を二束三文で買いたたかれたもんだから、そりゃもう手を叩《たた》いて喜んでおりましたよ。貧乏人をさんざいじめた罰が当たったんだってね」

他人の不幸は蜜の味ともいう。

飯盛女のはなしは、永遠につづくように感じられた。

するとそこへ、ようやく助け舟があらわれた。

旅装束の銀次がやってきたのだ。

「あら、お連れさまですね。それじゃ、お茶でも淹《い》れてまいりましょ」

「いいや、お茶は結構だ」

勘兵衛はげんなりしながら、小銭を袖から取りだした。

女は小銭を押しいただき、ほくほく顔で消えてゆく。

「へへ、旦那、さっそく厄介なのにつかまりやしたね」

銀次が嬉しそうに、顔を覗《のぞ》きこんでくる。

「えんま屋のほうは、いかがです」

「さあな、怪しいとおもえば誰もが怪しい」

「無理もねえ」

銀次は窓際に片尻を置き、旅籠の軒先を見下ろした。

「神輿草の野郎、風体《ふうてい》どころか、名めえすらわかっちゃいねえ。わかっているのは、内藤新宿のえんま屋に屯《たむろ》しているってことだけだが、そいつも眉唾《まゆつば》なはなしでさあ。でえち、訴人の素姓も知れねえ捻《ひね》り文に、そう書いてあっただけのはなしでやすからね」

文を届けたのは空樽《たる》拾いの小僧で、そのとき、南茅場町の大番屋には銀次しかいなかった。

「たまさか文を預かったのが運の尽きってことよ、なあ、銀次」

「へい」

差出人不明の文は、破りすてればそれで済む。だが、銀次の目は文字に吸いついた。けっして達筆ではないが、わずかに震えた文字のひとつひとつに祈りのようなものが込められている。そう、感じてしまったのだ。

　文をみせられた勘兵衛も、捨ておけないものを感じた。ゆえに、新宿くんだりまで小悪党を追ってくる羽目になったのである。

「旦那、無駄足だったかもしれやせんね」

「いいってことよ。たまには宿場の旅籠に泊まるってのも楽しいもんだ。贅沢《ぜいたく》を言わしてもらえば、もっと遠くへ行きたかったがな」

　邯鄲師とは、旅人が寝入った隙を狙って路銀を盗む枕探しのことだ。仲間内に裏切り者の訴人でもいれば別だが、巾着切《きんちゃっきり》と同様、その場で盗品の証しを押さえなければ縄を打つことはできない。

　邯鄲師の「神輿草」が狙うのは、旅人ばかりではなかった。宿場に店を構える商人や江戸市中の金満家にも狙いを定めていた。そして、目的を達すると、みずからの痕跡を必ずその場にのこしてゆく。道端のどこにでも生えていそうな枯草を一束、わざと置いて去るのだ。

　その枯草が「神輿草」であった。初夏に白紫の花を咲かせ、秋には種子を弾く。種子を弾いたあとの様子が神輿に似ているところから、そう名付けられた。根や茎や葉などを天日干しにして煎じれば、下痢止めや胃薬となる。効き目が速いために「医者いらず」とか「たちまち草」の異名もあった。だが、あまねく知られている名称は「現《げん》の証拠」である。

「ほれ、このとおり、見事に盗んでやりましたよってね。誇らしげに、現の証拠をのこしてゆくんでしょうよ」

「ふん、舐《な》めたまねをしやがる」

ただの駄洒落《だじゃれ》かもしれぬが、捕り方への挑戦とも受けとられた。

勘兵衛が「神輿草」を追ってみる気になったのは、十手持ちの血が騒いだからにほかならない。

「銀次、樽拾いの小僧によれば、文を預けた相手は雲をつくような大男だったな」

「へい、深編笠をかぶり、腰帯に大小を差していたそうで」

「侍か」

「おおかた、神輿草の野郎に恨みでもあったんでしょうよ」

「だとすりゃ、妙じゃねえか。肝心なことを明かさずに、えんま屋に屯しているとだけ告げてくるたあ。捕まえてほしいんだか、捕まえてほしくねえんだか、どっちつかずなはなしじゃねえか」

「それもそうでやすね。あっ」

銀次は、ぽんと膝を叩いた。

「どうした」

「文を寄こしたな、本人かもしれやせんよ。捕り方の出方を楽しもうって腹かも。うん、きっとそうにちげえねえ。神輿草の野郎がやりそうなこった」

「じつはな、おれもそいつは考えた。けどよ、いくらなんでも、そこまで舐めた真似はできねえだろう」

「それじゃ、やっぱし、別の誰かが文を」

「おめえも知っているはずだ。仲間を売ってはみたが、売ったことに死ぬほど後ろめたさを感じている。そんな連中をよ」

「おりやしたね、何人も。ですけど、侍えはひとりもおりやせんぜ」

「そこだ、わからねえのは」

勘兵衛は黙りこみ、眼下の「えんま屋」を睨《にら》みつけた。

二

翌日は灌仏会《かんぶつえ》、信心深い家では花御堂をこしらえ、釈迦の生誕を祝う。

尊像に注いだ甘茶で墨を磨《す》り、紙に「五大力菩薩《ごだいりきぼさつ》」や「八大竜王茶《はちだいりゅうおうちゃ》」などと書いて虫封じや雷避けの札にする。宿場に軒を並べる旅籠でも、表の板塀に「蟲」と書かれた札を逆さに貼った光景が随所に見受けられた。

銀次は早朝から宿場を探りにむかった。

勘兵衛も涼やかな川風に誘われ、散策に出掛けてみた。

高札場の隅には、あいかわらず、見倒屋の番頭が晒されている。

後ろ手に縛られ、しょぼくれた茄子《なす》のように項垂《うなだ》れているのだ。

高札場は南の甲州街道と北の青梅街道を分かつ追分でもあり、人通りは多い。旅人は足を止め、捨て札に目をやり、精三郎に一瞥《いちべつ》をくれて通りすぎる。

「くわばら、くわばら」

そんな声も聞こえてきた。

禁を破った代償はあまりに高い。晒されてはじめて、命懸けの恋というものの怖ろしさを知る。そんなふうに自戒しながら、旅人たちは高札場に背をむける。

いつもの勘兵衛なら、精三郎にひと声掛けてやるところだ。

――こうなっちまったものはしょうがねえ。運命《さだめ》とあきらめろ。ただし、おのれの生きざまを恥じちゃいけねえよ。さあ、顔をあげて胸を張りな。

情感を込めて諭《さと》してやれば、ことばは慈雨となって罪人の心に沁みこむ。たいていの者は感謝の涙を流し、泣くことで罪業もいくらかは洗いながされ、どのように過酷な運命でも受けいれようという気になるものだ。

勘兵衛は後ろ髪を引かれつつも、黙って踵《きびす》を返した。

青梅街道にむかって右手に「べんてん屋」があり、道を挟んで左手には「えんま屋」がある。「べんてん屋」と隣りあわせた子育稲荷の境内からは、賑《にぎ》やかな鉦《かね》の音とともに、見世物の口上が聞こえてきた。

「はてさて、ご覧《ろう》じろ。布にて覆ったあれなる代物、断じて墓石ではございませぬぞ。こたえは花御堂にござりまする。蓮華台に立つは釈迦仏ならぬ丈七尺の聖観音《しょうかんのん》、しかも、これが怪力の生き菩薩にござりますれば、とくとご覧じくださりませ。ささ、おそばに、もそっと近《ちこ》う寄りなされ……」

立て板に水のごとく口上を述べるのは、旅芸人らしき矮軀《わいく》の男だ。

名調子に誘われて、見物人たちが人垣をつくりはじめる。

布で覆った御堂の背後には、海棠《かいどう》が今を盛りと薄紅色の花を咲かせていた。うつむき加減に咲く五弁の花はつつましくも濃艶《のうえん》で、虚仮威《こけおど》しが売りの見世物に彩りを添えている。

「……太閤《たいこう》の辞世は夢のまた夢、はたまた、人の世の栄枯盛衰の儚《はかな》いことを称して邯鄲の夢などと申しまするが、これよりご覧いれまする見世物も、俗世にありがたきものにござりますれば、これもまた夢の見世物と称してお差しつかえござりますまい。はてさて、生き菩薩とはこれいかに。鬼が出るか蛇が出るか、何が出るかは観てのお楽しみ。お代はおひとり十六文、たったの十六文にござりまする」

矮軀の男に煽《あお》られ、見物人の期待はいやが上にも高まってゆく。

どうせ、期待はずれの見世物だろうとおもいつつも、勘兵衛は背をむけずにいた。

「いざ、出ませい」

布がはらりと取られ、偽の瑠璃光《るりこう》を背負った巨大な聖観音菩薩があらわれた。張り子の蓮華台に立ち、全身に黒檀《こくたん》のごとき艶《つや》めいた化粧をほどこし、眸子《まなこ》をじっと瞑《つむ》って印を結び、微動だにしない。

が、あきらかに、菩薩の尊像は張り子ではなかった。

七尺近くはある実物の女体とわかった瞬間、人垣から「おおお」と感嘆の声が湧きおこった。

「オン、アロリキヤ、ソワカ」

矮軀の男が真言を唱えるや、聖観音は豁然《かつぜん》と眸子を見開いた。

「うおっ」

ひと声唸《うな》りあげ、蓮華台から降りたち、かたわらに積まれた俵を軽々と持ちあげ、ぶんと抛《ほう》ってみせる。

俵には土が詰められてあった。米俵一俵よりも重い。それを両手で引っつかみ、頭上に高々と掲げ、ふたつ三つと投げとばしてゆくのだ。

見物人は、呆気にとられた。

すかさず、男の口上が響く。

「これにあるは聖観音菩薩の化身、怪力女おでんにござりまする。ささ、とくとご覧じくださりませ。身の丈は六尺七寸、重さにして二十七貫目。ほうら、案内役の手前が蚤《のみ》にもみえましょう」

怪力自慢の大女は、さほど珍しい見世物ではない。

女たちはみな物悲しい顔をしているが、おでんという女もそうであった。

みずからの運命を呪うでもなく、淡々と受けいれつつも、晒し者になって奇異な目でみられることに、じつは耐えかねている。身過ぎ世過ぎは草の種とはいうものの、女にとって公衆に身を晒すことが死ぬほど辛《つら》い手管であることにかわりはない。

勘兵衛は居たたまれなくなって人垣から離れ、宿場を東にむかった。

仲町のさきには閻魔堂《えんまどう》で有名な太宗寺《たいそうじ》があり、門前を左手に曲がれば、投込寺として知られる成覚寺《じょうかくじ》に行きつく。米俵にくるまれて捨てられた遊女の数は三千有余、切ないはなしだ。

小役人の組屋敷を抜けると、やがて、鬱蒼《うっそう》とした杉林がみえてきた。

瘤寺《こぶでら》の愛称で親しまれる自証院《じしょういん》の境内だ。尾張藩に関わりの深い寺で、堂宇を建立する際に節や瘤の多い木が使われた。ゆえに、瘤寺と称するらしい。

寺の境内のみならず、周囲にも杉林が目立つ。舟材にするために伐採した名残から、界隈《かいわい》は舟町と呼ばれていた。

瘤寺の門前に通じる坂道を登ってゆくと、なるほど、坂の中途に藤棚があった。

見頃はもうすぐだ。

足を止める者もいるが、通りすぎる者のほうが多い。

「備前屋だな」

軒下に怪しげな人影があるのを察しつつ、勘兵衛はゆっくり歩をすすめた。

足を止め、ぽかんと口を開け、房状に垂れさがった青紫の花を仰ぎみる。

「何か御用かな」

誘いに乗ったように人影が動き、白髪の男が顔を出した。

眉間に縦皺《たてじわ》を寄せ、目を逆吊らせている。因業そうな男だ。主人の久右ヱ門にまちがいない。

勘兵衛は間抜け面をつくり、暢気《のんき》な旅の商人を装った。

「これは失礼いたしました。あまりに見事な藤棚なもので、つい、見惚《みと》れてしまいました」

「旅人かね」

「はい、印伝屋の番頭にございます」

「印伝と申せば、甲府から」

「さようにございます。さすが、お江戸は面白うございますなあ。見るもの、聞くもの、何もかもが珍しゅうてなりませぬ」

「ここは新宿、馬糞宿とも揶揄《やゆ》される江戸のとっぱずれにすぎぬ。珍しいものが見たいなら、日本橋あたりまで足を延ばしてみるがよい」

「仰せのとおりにいたしましょう」

「言っちゃわるいが、おまえさんは木訥《ぼくとつ》で気のいいお方のようだ」

「それが山出し者の取り柄で」

「近頃の江戸者ときたら、人を敬うという精神を忘れてしまったようでな。不運に見舞われた者の陰口を叩いては喜んでおる始末、何とも嘆かわしい世の中だわい」

「もしや、何ぞ不運に見舞われなされたか。よろしければ、木訥な山出し者にお聞かせくだされ」

「さようか。聞いていただけるのか」

「手前でよろしければ、いくらでも」

微笑仏のように笑ってみせると、久右ヱ門は目尻をさげ、泣きそうな顔になる。

ぼそぼそと語られた身の上話は、同情を禁じ得ない内容だった。

妻に先立たれ、子もいない。財産だけはあるので、芸者あがりの妾を囲ってはみたが、財産だけが目当てではないのかと疑いはじめたら、情も通わなくなった。あげくのはてには、丁稚《でっち》から手塩にかけて育てあげた番頭に妾を盗まれ、心中騒ぎまで起こされた。

「おふじは辰巳《たつみ》芸者でね、ぽっちゃり顔で三味線の上手い妓《こ》だった。あたしはひと目惚れしちまったものだから、さっそく身請けを願いでた。ところが、肝心のおふじは首を縦に振ってくれぬ」

三顧の礼で通っても、良い返事は貰えない。

調べさせてみると、間夫《まぶ》がいた。

「料亭の追いまわしでね、威勢は良いが甲斐性はない。大金をつかませて、どうにかあきらめさせたのさ。あたしはそこまで、おふじに入れあげていた。行く末は内儀にしてやろうとおもい、立派な藤棚までこさえた。死んだら財産もすべてくれてやるつもりだったのに……それなのに、おふじのやつは」

久右ヱ門はことばに詰まり、上体をよろめかせた。

「ご主人」

「だいじない。追分の高札場に、しょぼくれた男が晒されておる。そいつが精三郎だ。二十五年もまじめにつとめあげ、いよいよ暖簾《のれん》分けしてやろうってときに、あんなことをしでかした。情けないやつだ」

久右ヱ門は、力なく笑う。

「はは、あたしは番頭に妾を寝取られ、あげくに心中までされた男だ。精三郎は一人前の目利きに育てたつもりだったが、女をみる目だけはなかった。おふじは今、生死の境を行き来しているそうだ」

「見舞っておやりにならないのですか」

「あたしが見舞ったところで、あれは喜ばぬであろうよ」

それでも、多少の未練はあるのか、久右ヱ門は口を噤《つぐ》んだ。

「おふじさんが逝ってしまえば、精三郎さんは打ち首ですね」

「自業自得だ」

「でも、おふじさんが死なずに済めば、ふたりは身分を消され、溜送りになりましょう。ご主人の胸ひとつで、足を洗わせてやることだってできますよ」

「誰が許すものか」

「精三郎さん、丁稚のころから手塩にかけて育てあげたお方なのでしょう」

「あたしはね、このあたりでは因業な胴欲者で通っている。六日知らずのしわん坊などと陰口を叩かれておるのだ。番頭に妾を盗まれても、同情はおろか、盗まれるほうが間抜けだなどと嘲笑《あざわら》われておる。いっときは、精三郎もおふじも許そうとおもった。だがな、世間の冷たい風にさらされておるうちに、許したい気持ちも失せてしまった」

わからないではないと、勘兵衛はおもった。

「すまぬな、すっかり喋りにつきあわせてしまった」

「とんでもない。おはなしいただいて、ありがたかったですよ」

「御礼にと申しては何だが、ひとつ、よいことを教えてやろう」

「ん、よいことですか」

「こんな惨めな男でも、至福の楽しみがひとつだけあってな」

「ほほう、それは何です」

「足力《そくりき》だよ。足を使って背中を揉みほぐす揉み師のことさ」

「足力なら、存じておりますよ」

「そんじょそこらの足力とはちがうぞ。背中を踏まれても、空に浮かんでおる雲がこう、ふんわり降りてきたようでな、ツボにだけいい具合に力がかかってくる。あれは、よほど相手のことをいたわる気持ちがなくてはできぬ。神業さね」

「それほどの足力ならば、いちどためしてみたいものです」

「呼んでみるがよい。ま、容易《たやす》く呼べる相手ではないがな」

「と、仰《おっしゃ》ると」

「旅芸人なのさ。方々の宿場を渡りあるき、見世物をしながら足力もやる。よほどの幸運がないかぎり、おまえさんのような旅人はお目に掛かれまい。ところで、旅籠はどちらかね」

「上宿のべんてん屋ですが」

「ほ、それならちょうどよい。道を挟んだ対面に、えんま屋があるだろう。帳場に予約を入れておくのだ。足力が宿場におれば、すぐにでもやってこよう。おらぬときでも、半月ほどすれば訪ねてきてくれる」

「さすがに、半月は待てませんな。半月後に江戸へまいる予定もない」

「それなら、残念だが、あきらめるしかあるまい」

「念のため、足力の名をお聞きしておきましょう」

「おでん」

「え」

「おでんと申すのよ。身の丈六尺七寸の女なのさ」

備前屋久右ヱ門は胸を張り、にたりと悪童のように笑った。

三

勘兵衛は上宿にもどって「えんま屋」を訪ね、さっそく足力の予約を入れた。

番頭によれば、亥《い》ノ刻までは予約でいっぱいだが、それ以降なら何とかなるらしい。これほど幸運なことはないとも告げられ、おでんの人気にあらためて驚かされた。

こうなれば、是が非でも揉んでもらおう。

健脚自慢の勘兵衛ではあったが、五十の大台に乗ってからは腰痛に悩まされている。

いまだ邯鄲師の尻尾すらつかめぬものの、ここは焦《じ》れずに役目を離れ、旅の気分でも味わってやろう。

銀次にも「ためしてみぬか」と声を掛けたが、いくつか立ちよりたいところがあるらしく、夜の町に繰りだしていった。

戌《いぬ》の五つごろになると、新宿はがらりと顔を変える。江戸府内でも有数の岡場所になりかわり、白塗りの飯盛女たちが往来に溢《あふ》れだす。軒々に客引きが立ち、気の弱い山出し者は横丁の暗がりへ引きずりこまれる。下手をすれば安酒を呑まされ、酩酊させられたあげく、身ぐるみを剝《は》がされるということもあった。

町木戸の閉まる亥ノ刻を過ぎると喧噪《けんそう》は去り、宿場町は淫靡《いんび》な空気につつまれる。

おでんは、小半刻ほど遅れてあらわれた。

「遅くなりました。申し訳ありません」

障子の向こうで囁《ささや》き、こちらが呼ぶまで障子を開けようともしない。

「遠慮するな。はいってくれ」

勘兵衛が緊張気味に発すると、障子が音もなく開かれた。

おでんは俯《うつむ》いたまま、岩のように動こうともしない。

「さ、遠慮はいらぬ」

「はい」

そこでようやく、灯火に身をさらした。

やはり、驚くほど大きい。頭は鴨居につっかえるであろうし、手を伸ばせば天井まで届くにちがいない。外で眺めたより数倍も膨らんでみえ、六帖間が狭く感じられた。

おでんはなるたけ小さくみえるように身を縮め、立たずに膝で躙《にじ》りよってきた。

からだに合わせて顔のつくりも大きいが、目鼻立ちはくっきりしており、憂いをふくんだ横顔などは虚を衝かれるほど美しい。少なくとも、勘兵衛はそうおもった。

「どうすればよい。座布団を二枚敷いて、俯せにでもなろうか」

「いいえ、お蒲団《ふとん》を敷かれたほうが。よろしければ、こちらで仕度いたしますが」

「おう、そうしてくれ。なにせ、右も左もわからぬ甲府の山出し者ゆえな」

「お客さま、甲府からお越しですか」

「それがどうかしたのかい」

「わたし、石和《いさわ》の生まれなんです」

「ほう」

勘兵衛は胸の裡《うち》で舌打ちした。下手なことを口走れば、墓穴を掘りかねない。

「失礼いたします」

おでんはのっそり立ちあがり、褥の仕度をやりはじめた。

「あのあたりなら温泉が出るだろう」

「はい。でも、わたしは温泉に浸かったこともありません」

おでんは、貧しい小作の家に生まれた。物心ついたとき、双親はこの世にいなかった。親戚を盥《たらい》まわしにされ、牛馬のように働かされたあげく、旅芸人の一座に端金《はしたがね》で売りとばされたというのだ。

勘兵衛の巧みな誘導に乗せられ、おでんは身の上話を訥々《とつとつ》と語った。

「親戚を恨んじゃおりません。わたしだけじゃない。村娘は十四になると、女衒《ぜげん》に売られてゆきました。貧乏な村だったんです。さ、お仕度ができましたよ」

「お、そうかい」

「俯せになってくださいな」

「ふむ、こうかな」

「結構ですよ。どこか、調子のおわるいところはありませんか」

「ちと腰がな」

「痛みますか」

「季節の変わり目は、ことに辛い」

「かしこまりました。少し、ためしてみましょう」

二十七貫目が載ってくるかとおもえば、おもわず身構えてしまう。

「お楽に、お力を抜いてください。潰したりはしませんから」

「頼んだぞ」

「では」

前触れもなしに、くっと腰のツボを押された。

弱くもなければ、強すぎもしない。絶妙な力加減で、ツボだけを揉みこんでくる。

「うっ」

声が出た。

不覚にも発した歓喜の声だ。

爪先から脳天に痺れが走り、備前屋の漏らした「至福」という二文字が頭のなかで躍りはじめる。

衝撃はつづいた。

腰ばかりか、背中や肩のいたるところのツボを刺激され、そのたびに痺れが縦横に走る。

海老のように仰《の》けぞったかとおもえば、死んだように動かなくなる。

得も言われぬ快感に浸りつつ、勘兵衛は至福の海で溺《おぼ》れかけていた。

「ちょっと、お休みしましょうか」

おでんに言われ、勘兵衛はほっと息を吐《つ》いた。

まるで、干涸《ひか》らびた水母《くらげ》のようだ。ものの見事に骨抜きにされてしまった。

おでんは灯火から離れて座り、水玉の手拭《てぬぐ》いで額の汗を拭っている。

「揉み代を払っておこう」

勘兵衛は袂《たもと》をひるがえし、一朱金を畳に滑らせた。

「つりはいらぬ」

「そんな、多すぎます」

「遠慮はいらぬ。取っといてくれ」

一朱といえば、一泊ぶんの宿賃よりも高い。

それでも、勘兵衛は払う価値があるとおもった。

おでんは促され、怖ず怖ずと一朱金に手を伸ばす。

「ひとつ、聞いてもよいか」

「はい、なんでしょう」

「背中に載られている感覚がないのだが、どのような手管をつかっているのだ」

「手管などありません。片足で踏んでいるだけですから」

「ほっ、片足でか。なるほど、うっかり見落としておった。片足だけなら重くないわな」

それにしても、力の加減は難しかろう。

「足力を何年やっておるのだ」

「まだ三年です。見世物の片手間にやってみたら、お客さまに好評だったもので」

「ふむ、そのとおりだ。おぬしほどの足力は日本広しといえども、そうはおらぬ」

「お客さまに褒めていただくのが、わたしの生き甲斐なのでございます」

「足力は天職か」

「はい」

「立派なものだ。そういえば、子育稲荷の境内で見世物を演《や》っておったな。黒塗りの聖観音が俵を投げとばすやつだ」

「ご覧になられたのですか。恥ずかしゅうございます」

おでんは耳まで赤く染め、大きな手で顔を覆った。

なにやら、可愛らしい仕種だ。

「口上役の男は亭主かね」

「いいえ、亭主なんかじゃありません」

「ほう、何やら事情《わけ》がありそうだな。差しつかえなければ、はなしてはくれぬか」

おでんはしばらく黙っていたが、俯いたまま、ぼそりと喋りはじめた。

「あれは巳代次《みよじ》と申します。呑んだくれの博打《ばくち》狂い、女郎屋に入りびたっては暴力を振るう。三道楽煩悩《さんどらぼんのう》から抜けだせぬ、どうしようもない男です」

「別れられないのか」

「これまでに何度、逃げようとおもったことか」

おでんは遠い目をしながら、巳代次との出逢いを語ってくれた。

「わたし、あの男に買われたんです」

五年前の冬だった。おでんは十四のときから旅暮らしをはじめ、すでに十年が経っていた。旅芸人の一座はろくに稼ぐこともできず、甲州街道を江戸にむかう途上でなかば餓えかかっていた。そこへ、ふらりと訪れたのが、巳代次であったという。

「巳代次はわたしを買うために、けっこうなお金を積みました。もちろん、見初《みそ》められたのじゃない。おのれが仕込んで見世物にすれば、倍も三倍も稼げると踏んだのです。おのれが生きてゆくために、必要とおもったのでしょう。わたし、鑿《のみ》や鉋《かんな》なんかといっしょなんです」

男の道具にすぎぬと知りつつも、買われた義理があるから別れられない。はたして、それだけの理由だろうか。

おでんの唯一の楽しみは、旅先の神社などに立つ市で安物の古茶碗をみてまわることだという。巳代次と出逢ったばかりのころ、いちどだけ、霊巌島《れいがんじま》の茶碗河岸に連れていかれたことがあった。

「あのひと、小さな湯呑みを買ってくれたんです。安物ですよ。でも、紅の塗りつけが可愛らしくってね。でけえ図体に小せえ湯呑み、あいつはそう言って笑いました。巳代次にすれば、からかい半分に買った古茶碗でしたが、わたしは嬉しかった」

　生まれてこの方、誰かに物を買ってもらった憶えがなかったからだ。

　紅色の小さな湯呑みは、おでんの宝物になった。それから五年、巳代次には愛想が尽きたものの、どうしても別れる踏んぎりがつけられないのだという。

「好いてくれているんじゃない。それはわかっております。でも、あいつと別れたからといって、わたしを好きになってくれる男のひとなぞ、一生あらわれないとおもっておりますから」

　だから、逃げる決心がつかないのだと、おでんは自分に言い聞かせるようにこぼす。

「申し訳ありません。くだらないはなしを聞かせちまって。さ、つづきを」

　ふたたび、勘兵衛は俯せになり、歓喜の声をあげつづけた。

　やがて、微睡みかけたころ、おでんは音も起てずに帰っていった。

四

邯鄲師の手懸かりは何ひとつ得られず、宿場にやってきて三日目の朝を迎えた。

見倒屋の番頭は、今日も高札場に晒されている。

「晒しは昨日で手仕舞いのはずだがな」

銀次は窓際に座り、ぽつりとこぼした。

「役人が日数をまちげえるわけはねえし、旦那、なぜでしょうね」

「おふじが生きておるのさ」

「あ、なるほど」

おふじが生死の境を行き来しているかぎり、精三郎の罪状は定まらない。「詮方《せんかた》ないので晒しておけ」ということになったのだろうと、勘兵衛は臆測した。

「番頭が晒されているかぎり、妾は生きているってことか。なにやら、哀れなはなしでやすね」

そうした会話を交わしてると、飯盛女のおくめが朝餉《あさげ》の膳をもってあらわれた。最初に足を漱いでくれた女だ。あいかわらず、媚びた笑みを浮かべながら、甲斐甲斐しく仕度をしはじめる。

「旦那方、今宵あたりいかがです。呼んでくださいな」

そんな軽口も出はじめた。

「ま、その気になったら、いの一番に呼んでやるよ」

銀次がへらついた口調でいなすと、おくめは口を尖らせる。

「昨日も、おんなじ台詞《せりふ》を聞かされましたよ」

「へへ、そうだっけな。おくめさんよ、それより、何かおもしれえはなしはねえか」

「おもしろいはなし」

「ああ、そうさ。なにせ、こっちは人を待つ身、宿場からおいそれと動けねえ。一日中ぼけっとしてんのが退屈でな」

「それなら、昨日、ちょいとおもしろいことがありましたよ」

「ほう、あったか。それだ、それ。突っついてみるもんだな」

「ひとを竹藪《たけやぶ》のように言わないでくださいな」

「竹藪か、へへ、こいつは一本取られた」

銀次は大仰に戯《おど》けてみせ、おくめを笑わせた。

「で、何があった」

「じつはね、見倒屋の久右ヱ門にまた災難が降りかかったんですよ」

「ほう」

銀次の横顔が、わずかに強張る。

勘兵衛は箱膳のまえに膝をたたみ、聞き耳を立てた。

おくめが塗り椀に飯を盛りながら、楽しそうに喋りだす。

「邯鄲師に金子を盗まれたんですよ。それも夜ではなく、昼の日中だったそうで。これで間抜けに輪が掛かっちまったと、あたしらのあいだじゃ物笑いの種に」

「盗まれたのはいくらだ」

「九両二分だそうです。問屋場《といやば》のお役人が仰ってましたよ。九両二分なら打ち首にゃならねえ。昼間なら盗られたほうにも落ち度があったとみなされ、罪一等減じられる。そこまで考えて盗るたあ、さすがに神輿草の野郎だってね」

「ん」

銀次も勘兵衛も、口に入れた飯を咽喉《のど》に詰まらせた。

「おやおや、おふたりとも、どうなさったんです」

おくめを早々に退がらせ、ふたりは押っ取り刀で備前屋にむかった。

藤棚のある軒先から店を覗いてみると、役人の影はなく、閑散としたものだった。

格子に囲まれた帳場には、玉手箱を開いてしまった浦島太郎よろしく、一気に老けこんだ見倒屋が座っている。

「ごめんなさいよ」

敷居から声を掛けると、久右ヱ門が胡乱《うろん》な目をむけてきた。

「なんだ、あんたか」

「はい、本日は手代を連れてまいりました」

「何用かね」

「手代に藤棚をみせてやりたくおもいましてね」

「勝手にみるがいい。金は取らぬ」

「本日はまた、ずいぶんご機嫌斜めのご様子」

「あたりまえだ」

「なんぞ、ございましたか。よろしければ、おはなしを」

「なにもない、余計なお世話だ」

「さようですか。では、失礼いたしました」

ぺこりと頭をさげ、踵を返しかけたところに、掠《かす》れた声が掛かった。

「待て、待ってくれ」

「はいはい、いくらでも待ちますよ」

「旅のおひと、そこに座ってくれぬか」

「かしこまりました」

久右ヱ門は泣いていた。手の甲で涙を拭き、つっと立ちあがる。

「茶でも淹れよう」

「どうか、お構いなく」

少し待たされたのち、湯気の立った茶がふたつ出てきた。

銀次とふたり上がり端に座り、ずずっと茶を啜りあげる。

「じつは昨日、枕探しに遭《あ》った」

「なんと」

「きっちり九両二分、それだけ盗んでいきよった。ほかにも百両からの大金があったにもかかわらず、そっちは手つかずでな」

「何刻です」

「八つ刻。寝所でいつのまにか寝入ってしまい、そのあいだに。といっても、眠ったのは小半刻ほどだ。なのに、神輿草のやつはいとも簡単に事をやり遂げた」

「神輿草、それは邯鄲師のことですな」

「ふむ。枕もとに一束の枯草がのこされておった。ご丁寧に、文まで添えて」

「文ですか」

――腹薬はいかが。

と、拙《つたな》い字で書かれていたらしい。

「ふん、ひとを小莫迦《こばか》にしおって」

久右ヱ門は唐突に枯草をつかむや、こちらにむかって投げつけた。

銀次がこれを拾いあげ、丹念に調べはじめる。

「そいつが九両二分の腹薬よ。ふん、道中奉行の手下どもを呼んではみたが、間抜けな役人どもめ、これが噂に名高い現の証拠だと、せせら笑っておった。あの調子では盗人《ぬすっと》なぞ捕まるはずもない。九両二分ごとき、どうということもないのだ。欲しいというなら、くれてやる。あたしはね、口惜しくて仕方ないのさ」

邯鄲師は、久右ヱ門の身に降りかかった不幸を知っていた。

恥の上塗りをさせてやるべく、虎視眈々《こしたんたん》と狙っていたにちがいない。

そう、久右ヱ門は感じているようだった。

「まんまと引っかかった自分が情けない。いったい、あたしがどんな悪事をやらかしたというのだ」

久右ヱ門は激昂《げっこう》し、そうかとおもえば黙りこみ、低い声で語りだす。

「裸一貫から叩きあげ、苦労して物品を鑑定する目を養い、働きづめに働いて、ここまでの身代を築きあげた。他人様には何ひとつ迷惑は掛けてこなかったつもりだ。宝物を買いたたかれたと恨み言を吐く者は、身の程を知らねばならぬ。あたしは、売りたくない物を買うのではない。売りたいというから、買ってやるのだ。どこがおかしい。陰口を叩く者たちはみな、あたしの甲斐性に嫉妬しておるのさ」

貧乏人は金持ちを羨《うらや》ましがる。羨望《せんぼう》は嫉妬に変わり、やがて、殺意を秘めた嘲笑に変わる。備前屋久右ヱ門が困りはてたすがたを眺め、多くの者が溜飲《りゅういん》を下げるのだ。

「それが世間というものだ。愚にもつかぬ世間のため、あたしなりに汗水垂らして貢献してきたはずなのに……なのに、どうして、このようなしっぺ返しを受けねばならぬのか」

恨み節は滔々《とうとう》とつづき、すっかり茶も冷めてしまった。

「なれど、たったひとつの救いは、おでんに背中を踏んでもらったことだ」

久右ヱ門は口調を変え、おもいがけぬことを口にした。

すかさず、勘兵衛は質《ただ》してみる。

「もしや、ご主人が寝入ってしまったのは、足力のあとだったのでは」

「さようさ。幸運にも、おでんは宿場におった。至福のときを過ごさせてもらったのだ。おでんに九両二分の揉み代を払ったとおもえば、少しは怒りもおさまってくる」

勘兵衛は、銀次と顔を見合わせた。

久右ヱ門は、おでんを微塵《みじん》も疑っていない。

しかし、それが邯鄲師の手口なのではないかと、勘兵衛は疑った。

客は揉まれて気持ちよくなり、いつのまにか寝入ってしまう。起きてみると金子を奪われているのだが、足力に疑いの目はむけない。おそらく、おでんの性分がそうおもわせてしまうのだろう。

かりに、おでんが悪事の片棒を担いでいるのだとすれば、巳代次が邯鄲師である公算は大きい。

――くそっ。

勘兵衛は、地団駄を踏んで悔しがった。

獲物を面前にしながら気づかずにいたのだ。

おでんと巳代次は、もう新宿にはおるまい。

――わたしを好きになってくれる男のひとなぞ、一生あらわれないとおもっておりますから。

哀《かな》しい女の漏らした台詞を、勘兵衛はおもいだしていた。

五

八丁堀の自邸にもどって、すでに五日が経った。

垣根の満天星《どうだん》は今が満開、白い花を綺羅星《きらほし》のごとく咲かせている。

おでんと巳代次の行方は、杳《よう》として知れない。

一昨日の夕刻に銀次が訪れ、意外なことを告げていった。

備前屋久右ヱ門のもとに、盗まれた九両二分がもどってきたというのだ。

しかも、紅色の小さな湯呑みが添えてあったと聞き、おでんの仕業にちがいないとおもった。

申し訳ない気持ちから盗み金を返したのであろうが、宝物の湯呑みまで添えた理由は別にある。紅色の古茶碗は巳代次との決別を意味する証拠《あかし》なのではあるまいかと、勘兵衛は臆測した。

もちろん、どれだけ臆測しようが、詮無いはなしだ。おでんと巳代次をみつけられないことには、はなしにならない。

夕河岸の喧噪も消え、町が闇に沈むころ、勘兵衛は満天星の垣根を擦りぬけ、新川河岸にむかった。

亀島橋をひとつ渡ればそこは霊巌島、江戸の呑んべえどもが集まる新川河岸は目と鼻のさきである。

月の浮かんだ暗い川面を、艫灯《ともあか》りがいくつも滑っていた。

多くは菰樽《こもだる》を積んだ艀《はしけ》であろう。新川沿いには酒蔵が軒を並べている。

二ノ橋、三ノ橋と東にたどれば大川への注ぎ口にいたり、川端を少し北にすすめば永代《えいたい》橋《ばし》の西詰めにたどりつく。川端近くの四日市町や塩町には瀬戸物屋が多く、七日に一度は茶碗市が立った。

新川河岸を挟んだ左右の横丁には、赤提灯や青提灯がずらりと並んでいる。

勘兵衛が足繁く通う居酒屋は、もちろん、おふうが細腕一本で切りもりする「浮瀬《うかむせ》」にほかならない。

縄暖簾を振りわけると、むわっと人いきれが迫ってきた。

床几《しょうぎ》は満席、あちこちから笑い声が聞こえてくる。さほど広くもない店内は馴染み客で埋まり、勘兵衛が顔を出しても態度を変える者はいない。

「よう旦那、久しぶり」

「生きていなすったかい」

などと、誰もが気楽に声を掛けた。

十手持ちであろうと誰だろうと、おふうの見世では客のひとりにすぎぬ。威張りちらしたり、管を巻いたりするようなら、すぐに叩きだされ、塩を撒《ま》かれる。客はみな、おふうに塩を撒かれるのを恐れた。

満面の笑みで挨拶《あいさつ》に応え、おふうと差しつ差されつできる特等席にむかう。

その席だけはいつも、勘兵衛のためだけに空けてあった。

誰もが羨む「とっときの席」に腰を落ちつけると、さっそく、おふうがやってきた。

「旦那、お帰りなさい」

しっとりした口調で言われ、勘兵衛は目尻をさげた。

おふうは、色白でふっくらした女だ。髪は柘植櫛《つげぐし》に銀簪《かんざし》一本挿《さ》しただけの島田くずし、薄茶地に千筋の着物を纏《まと》い、金線の刺繍《ししゅう》された黒帯を胸高に結んでいる。

常連はみな、おふう見たさに通ってくる。普賢菩薩に喩《たと》えられる見目の良さもさりながら、気性の良さがひとを惹《ひ》きつけた。つんけんしたところは少しもなく、色気を振りまいたり、媚びたりもしない。立ち居振るまいが、じつに自然なのだ。

「さ、おひとつ」

「お、すまねえ」

おふうは袂をつかみ、諸白《もろはく》を注いでくれた。

勘兵衛は盃を呷《あお》り、芯から満ちたりた顔で息を吐く。

「お帰りなさいってのはあれか、ご新造《しんぞ》の気分で言ったのか」

「いやですよ、旦那。三十年増をつかまえて、ご新造だなんて」

きゅっと、甲を抓《つね》られた。

「さ、もひとつ」

「おっ、ととと」

口をすぼめて酒を啜り、ちょっとした笑いを誘っては悦に入る。

「肴《さかな》をおもちしましょ」

おふうの襟足を見送りつつ、勘兵衛は煤《すす》けた壁に目を移した。

縁起物の熊手とともに、法螺貝《ほらがい》でつくった七合五勺入りの大杯「うかむせ」が飾られている。

七年前、おふうは腕の良い庖丁人だった亭主に死なれた。そのとき、見世をたたもうとしたのだが、勘兵衛は何とかおもいとどまらせようと必死になり、ようやく、おふうの気持ちが固まったところで、新しい見世の名を付けてやった。「身を捨ててこそ浮む瀬もあれ」という座右の銘から「浮瀬」と名付けたのだ。

おふうにたいしては、特別のおもいがある。

それなら早く嫁にしろと、仁徳などは煽りたてる。

人伝《ひとづて》に聞いたはなしでは、おふうもまんざらではないらしい。

ならばいっそと、考えるときもあった。

が、どうしても踏んぎりがつかない。

逃げた妻のことが脳裏を過《よ》ぎるのだ。

――静《しず》。

二十年ものあいだ、今日か明日かと帰りを待ちつづけてきた。

帰ってきたときに待っている者がいなければ、可哀相ではないか。

そんな気持ちも、年数をかさねるうちに薄れてはいったが、消えてしまったわけではない。恋慕ではなく、ただの意地かもしれなかった。それでも、勘兵衛はもう少し待ちつづけてみようとおもう。

「お考え事ですか」

ことりと、おふうが皿を置いた。

肴は空豆の塩茹《ゆ》でと生鰹節《なまりぶし》だ。

「旦那のお好きな奴はあとでね。刻んだ紫蘇《しそ》の葉、載っけてお出ししますから」

「お、すまぬ」

「新宿はいかがでしたか」

「早耳だな」

「仁徳先生にお聞きしたんですよ」

「また来たのか、あの藪医者め」

「その生鰹節、先生のお土産です」

「家の膳にも出てきておらぬぞ。まさか、あの藪医者、おふうに粉をかけておるのではあるまいな」

「とんでもない。お見合いをもってこられたんですよ」

「なにっ」

「あら、恐いお顔。妬《や》いていなさるの」

「莫迦を言うな。相手は誰だ」

「ぎっくり腰をやった患者さんで、大店《おおだな》の番頭さんだとか。奥様には先立たれ、子もいない。後妻になってみぬかと、先生が出し抜けに仰るものだから」

「仰るものだから、どうした」

「どうしたとおもいます」

「焦らすな」

「うふっ、お断りしましたよ」

「ほっ、そうか」

「お店者とは相性がわるうござんすって申しあげたら、先生に叱られました」

「なんて」

「毒にも薬にもならねえ十手持ちよりかは、数段ましだろうって。ぎっくり腰のお方、薬種問屋の番頭さんなんです。頼めば、毒でも薬でも売ってくれる。わるいことは言わないからそいつにしておけって、先生は大真面目に仰いましてね」

「ふん、おもしろくもねえおちだ」

「そうですか。あたし可笑しくって、大声で笑っちまったんですよ。先生はたてつづけに三合ほどお呑みになり、お代も払わずに行っちゃいましたけど」

「毎度、迷惑を掛けるな」

「いいえ、迷惑なんてひとつも」

おふうは小首をかしげ、銚子をすっとかたむける。

「あたし、先生は本気でお見合いを薦めにきたんじゃないって、そんな気がするんです」

ぎくりとした。

おふうは、仁徳の本心を見抜いている。

――逃げた女房のことなぞ忘れちまえ。

藪医者は従前より、勘兵衛とおふうをくっつけたがっているのだ。

「旦那、おはなしは変わりますけど、大きな女の方に腰を揉まれたとか」

「藪医者め、そんなことまで口にしたのか」

「ええ。もしや、そのお方、おでんさんじゃありませんか」

「げっ、おでんを知っているのか」

「すぐそこの茶碗河岸でね、よく見掛けるんですよ。つい、三日前も」

「見掛けたのか」

「はい」

勘兵衛は意気込んだ。

「おでんと喋ったことは」

「ありますよ。ご挨拶程度ですけど」

「どうおもった」

「え」

「受けた印象だ」

「気性のお優しいお方だとおもいました」

おふうは、おでんが「怪力女」であることを知らなかった。が、足力であることは知っており、無視できないことを口にした。

「四谷の鮫《さめ》ヶ橋にある夜鷹《よたか》屋の手代で、弥十《やじゅう》さんておひとがいましてね。旦那みたいに、おでんさんの足で背中を揉んでもらったそうです。あまりに気持ちよくて、天にも昇るようだったとか」

「弥十か、浮瀬の馴染みじゃねえな」

「ええ、おこまちゃんが連れてきたんですよ」

「おこまが」

「はい」

十八のおこまは一年と半年前、京の島原遊郭から江戸へ逃げてきた。足抜け女郎であったが、勘兵衛が救って請人《うけにん》となり、雁次郎《がんじろう》という投込寺の墓守《はかもり》と所帯をもたせた。おふうに頼んで、見世の手伝いをやらせているのだ。

おこまは、知りあいになった夜鷹から弥十を紹介された。

気の良い男で、夜鷹たちからの信頼も厚いらしい。

だが、夜鷹屋の手代のことなど、正直、どうでもよかった。

「おふう、弥十がおでんに背中を揉ませたのは、いつごろだろうな」

「さあ、はっきりとはわかりませんけど、一昨日とか一昨々日とか、そのあたりじゃないかしらねえ」

「なるほど」

「おでんさんが、なんぞやらかしたんですか」

「勘がいいな。おでんは邯鄲師の片棒を担いだかもしれねえ」

「邯鄲師」

「教えてやったろう、神輿草という小悪党のことさ」

「旦那が新宿に行かれたのも、神輿草を捕まえるためだったんでしょ」

「ああ、そうだ。おでんには偶然行きあたったのさ。それにしても、妙な結びつきじゃねえか。おふうも、足力おでんのことを知っていたとはな」

少なくとも三日前まで、おでんは江戸にいた。

その事実は、勘兵衛を奮いたたせた。

「今から、夜鷹屋に行かれるんですか」

「ああ、おふうの酌であと一杯だけ呑んだら、みこしをあげるとしよう」

「つまんない。でも、お役目ならしょうがありませんね」

おふうは、つんと口を尖らす。

注がれた酒を、勘兵衛は一気に呷った。

六

江戸には大きな夜鷹会所がふたつある。

ひとつは本所吉田町の会所、そして、もうひとつが四谷鮫ヶ橋の会所だ。

会所とは互助会を意味し、夜鷹たちの上納金で成りたっている。会所に雇われた面々は強面《こわもて》の連中で、菰の貸しだしから喧嘩の仲裁までする。夜鷹は江戸の夜を彩るあだ花、その数は数千ともいわれ、ひとりひとりの上納金は微々たるものだが、塵《ちり》も積もれば山となるの喩えどおり、会所の蔵にはいつも金が唸《うな》っている。元締めともなれば、その権力たるや計り知れず、世間からは恐れられ、お上からも一目置かれていた。

芝口の土橋までは小舟でゆく。

陸《おか》にあがってからは駕籠《かご》を拾う手もあったが、勘兵衛は徒歩を選んだ。

今宵は十三夜、駿河あたりでは縁起の良い月とされ、無心に拝めばかならず願い事が叶うのだとか。何はともあれ、冴えた月の夜は歩むにかぎる。

虎ノ門から溜池の桐畑を過ぎ、赤坂の紀伊屋敷を越えて四谷にいたる。四谷で名高い西念寺や戒行寺といった寺社に取りかこまれた物淋しい窪地《くぼち》が、鮫ヶ橋谷町と呼ばれるところだった。

勘兵衛は、くつわの伊助という元締めを知らない。

夜鷹に知りあいは多いが、元締めと面識はなかった。

噂には聞いている。怒らせたら何をするかわからない、閻魔のような人物らしい。

このような刻限にふらりと訪ね、逢えるかどうかもわからなかった。

さすがに徒手空拳では心もとなく、自邸にもどって黒羽織に着替え、十手と大小を引っつかんできた。

——こんな遅くにお役目ですか。

綾乃に心配顔で見送られたが、あれで見納めにはしたくない。

「おれとしたことが、びびっていやがる」

自嘲《じちょう》しながら、足場のわるい坂道を下ってゆく。

昼なお暗い窪地には月影も射さず、あたりには瘴気《しょうき》がたちこめているかのようだ。

勘兵衛の手に提灯はない。夜目が利くので、かえって邪魔だった。

慎重に坂道を下ってゆくと、前方の笹叢《ささむら》がかさりと音を起てた。

すわっ、辻斬りか。

前のめりで踏みとどまる。

刹那《せつな》、黒い獣が飛びだしてきた。

「ぶふぉっ」

猪だ。かなり大きい。

道のまんなかで角度を変え、こっちに猛進してくる。

「きやがった」

赤目を炯々《けいけい》とさせ、口から泡を噴いている。

咄嗟に身を躱《かわ》したが、牙を突っかけられた。

「うわっ」

袂を裂かれ、凄まじい力で持っていかれる。

踏んばりがきかず、尻餅《しりもち》をついてしまった。

「ごほ、ごほごほ」

土埃《つちぼこり》に咳きこみながら、何とか立ちあがる。

猪のすがたは見えなくなった。
「ふう、まいったな」
ずたずたに裂かれた右袖《そで》を、勘兵衛は乱暴にちぎりとった。
「まいるか」
猪のおかげで、かえって腹が据わった。
谷底まで下ると、夜鷹たちが幽霊のようにうろついている。
みな、厳《いか》めしい正門を抜け、裏手のほうに消えていった。
おそらく、会所の勝手口に菰でも積んであるのだろう。
夜鷹たちにまじって正門を抜け、表玄関の敷居をまたいだ。
広々として冷たい三和土《たたき》に立ち、黒光りした板間に目を移す。
若い衆がひとり、帳場で居眠りをしていた。
勘兵衛は草履を脱ぎ、そっと板間にあがった。
滑るように近づき、男の耳に息を吹きかける。
「ひぇっ」
男は蝦蟇《がま》のようにひっくり返った。
首根っこをつかんで引きおこし、鼻先に十手を翳《かざ》してやる。

「足力おでんを知っておろう、正直に応えぬと痛い目にあうぞ」

襟《えり》を捻りあげると、男は目を白黒させた。

「いる、いるいる、でけえ女が蔵に繋がれていやがる」

うっかり口を滑らせ、若い衆は額に汗を滲ませた。

「ほ、さようか」

勘兵衛は鎌を掛けておきながら、おもいがけぬ返答に面食らった。

おでんは会所にいる。しかも、繋がれているのだ。

奥の格子戸が開いた。

「誰でえ」

強面が三人、騒々しく躍りだしてくる。

「勝手にあがりこみやがって、この野郎」

「それはすまぬことをした」

勘兵衛は首を捻り、にこっと微笑みかける。

「案内の若いのが寝惚けておったものでな」

これみよがしに十手を帯に差すと、三人は驚いて身構えた。

まんなかの五分月代《さかやき》がころりと態度を変え、丁重に喋りかけてくる。

「これは八丁堀の旦那、いってえ何の御用でがしょう」

「おめえ、夜鷹屋の手代か」

「へい、弥十といいやす」

「なるほど、おめえか」

「あっしが何か」

「おでんに腰を揉ませて昇天したんだろう」

「だ、誰がそんなことを」

「誰だっていい。おれはおでんを捜している」

「とんだお門違いで、ここにゃおりやせんぜ」

弥十は自信なげにこぼし、睫毛《まつげ》を伏せる。

「ふへへ」

勘兵衛は笑った。

「正直者だなあ、おめえ。顔色をみりゃ、すぐに嘘とわかるぜ。おめえじゃはなしにならねえ。元締めを出しな」

「元締めはお留守でして」

「嘘を吐くな。出さぬというなら、叫んでやろうか。それ、伊助、くつわの伊助、びびってねえで出てきやがれ」

弥十が首を縮めるほどの大声で叫ぶと、力士のような巨漢が板を踏みやぶる勢いであらわれた。

「うるせえなあ、騒いでんのはどこのどいつだ」

両鬢《りょうびん》の反りかえった閻魔顔、睨みひとつで相手を呑みこむ眼力の持ち主だ。

「くつわの伊助かい」

「だったら、どうした」

「南町奉行所の長尾勘兵衛だ」

「廻り方の役人か。年恰好から推すと臨時廻りだな。ふん、同心だろうが与力だろうが、ちっとも恐かねえぜ。勝手に夜鷹屋の敷居をまたいだからにゃ、それなりの覚悟があんだろうな」

「おぬし、ふだんからそういう態度なのか」

「ああ、そうだよ」

「年はいくつだ」

「四十五、それがどうしたい」

「おれのほうが十も上だ。ちったあ、年上を敬え」

「敬ってもいい相手なら、年は関係ねえ。十の洟垂《はなた》れでも敬ってやるぜ」

「なるほど、一理あるな」

頷くと、伊助は態度をやわらげた。

「おめえさん、右袖を無くしたのかい」

「急坂で猪に襲われたのよ」

「ふはは、おもしれえ」

「笑い事ではないわ」

「ま、そこに座ってくれ」

伊助は腹を揺すって笑い、板間に胡座《あぐら》を掻《か》いた。

ついでに若い衆の頭をひっぱたき、茶を出すように命じる。

どうやら、こちらの用件は承知しているらしい。

「おでんとかいう女なら、ふんじばって蔵に繋いであるぜ」

「何かやらかしたのか」

「これだ」

伊助は懐中に手を突っこみ、一束の枯草を投げてよこした。

「現の証拠だとよ。枕探し風情が舐めたまねしくさって」

「いくら盗られた」

「きっちり九両二分よ。弥十のやつが昇天したってはなしを聞き、おれもおでんに背中を揉ませた。なるほど、弥十の言ったとおりだったがな」

会所の寝間で寝入った隙に金を盗られた。ふだんから人の出入りが頻繁なので、誰ひとり邯鄲師に気づかなかったという。

「おれが許せねえのはよ、夜鷹の上納金を盗みやがったってことさ。血の涙をしぼってまで納めた金なんだぜ。一両はただの一両じゃねえ、百両の値打ちがある」

「ふうむ」

なかなか、良いことを抜かす。

勘兵衛は感心しながら、黙ってさきを促した。

「邯鄲師は鼠《ねずみ》みてえにすばしこい野郎さ。だがな、女のほうはすぐに捕まえた。あれだけの図体だ。夜鷹屋の張った網からは逃れようもねえさ」

「おでんを責めたのか」

「さあ」

「責めたのだな」

「二、三発撲《なぐ》った程度さ。しぶてえ女でな、男のことを必死に庇《かば》っていやがる。へへ、泣かせるはなしじゃねえか」

勘兵衛は、怒気をふくんだ声で言った。

「それ以上やったら、承知しねえぞ」

「ほほう、くつわの伊助に縄でも打とうってのか。やってみな。廻り同心のひとりやふたり、どうとでもなるんだぜ。へへ、おでんを本気で責めるのは今からだ。老い耄《ぼ》れはすっこんでな」

勘兵衛は両肘《りょうひじ》を張り、ぺこりと頭をさげた。

「伊助、頼みがある」

「なんだよ、泣き落としか」

「おでんに逢わせてくれ」

「逢ってどうする」

「男の居場所を吐かせてやる」

「ふうん、自信ありげだな」

「ある。おめえとは年季がちがう」

「うへっ、口の減らねえ野郎だぜ。ま、いいだろう、逢わせてやるくれえはな」

「それから、もうひとつ」

「まだあんのか」

「ふたりの処分は任せてもらう」

「そうはいかねえ。こっちの面目はどうしてくれる。ふたりとも簀《す》巻《ま》きにして大川へ抛ってやる。そうでもしなけりゃ、闇の世界じゃしめしがつかねえんだよ。十手持ちなら、そのくれえはわかんだろう」

「そこを枉《ま》げて頼む。面目は立ててやる」

「ほほう、どうやって」

「どうしてほしい」

「そうよな、お奉行さまにでもお越しいただくかな。ひとこと、恩に着るとでも言ってもらえれば、それでいい。くつわの伊助の面目は立つ。むふふ」

「わかった」

「な、正気かよ」

「お奉行に掛けあってみよう」

「冗談を真に受けやがって。あんた、莫迦じゃねえのか。廻り方にできるわけがねえだろうが」

「やってみなけりゃわかるまい」

「安請けあいするんじゃねえぞ」

「やると言ったらやる。信じてもらうしかないな」

勘兵衛はじっと、伊助の目をみつめた。

張りつめた空気が流れ、元締めはふんと鼻を鳴らす。

「涼しげな目をしてやがる。あんたは信じてもよさそうだ。あり得ねえとはおもうがな、もしものはなし、お奉行さまにお越しいただいたら、これからさき、あんたの頼みは何だって聞いてやるぜ」

「将来の約束はいらぬ。おでんに逢わせろ」

「わかったよ」

伊助は重そうな尻をもちあげ、弥十に顎《あご》をしゃくった。

「不浄役人を蔵へ案内しろ」

勘兵衛は、ほおっと溜息を吐いた。

七

おでんは蔵の片隅で、岩のように蹲《うずくま》っていた。

「おい、おめえに客人だぜ」

弥十が手燭《てしょく》を突きつけると、おでんは眩しげに眸子をあげた。

手首と足首を縛られ、薄衣一枚で冷たい土間に座らされている。

撲られた頬があおぐろく腫れあがり、みるからに痛そうだった。

おでんは勘兵衛を漫然と眺め、つぎの瞬間、はっと息を呑んだ。

「あなたは」

「おぼえていてくれたかい」

「印伝屋の番頭さんですよね」

「じつはな、そいつは嘘っぱちだ」

勘兵衛は背中の帯から、十手を引きぬいた。

「おれは長尾勘兵衛、南町奉行所じゃ、うぽっぽと呼ばれている」

「うぽっぽの旦那」

「歩きまわるしか能のねえ臨時廻りさ」

「べんてん屋さんにお呼びになられたのは、巳代次を捕まえるためだったのですか」

「だとしたら、疾《と》うに捕まえているぜ。おめえを呼んだな偶然さ。備前屋久右ヱ門に評判を聞いてな」

「備前屋のご主人に」

「ああ、久右ヱ門はおめえにぞっこんだ。九両二分を盗られたあとも、おめえを微塵《みじん》も疑っちゃいなかった」

「そ、そうなんですか」

「久右ヱ門だけじゃねえ。おめえの足力に惚れているやつは大勢いる。おれもそのひとりでな、二度と足力おでんに揉んでもらえねえのかとおもうと、淋しくてしょうがねえや。なあ、伊助、おめえもだろう」

「旦那の仰るとおりだ。おれだって、できりゃまいちど揉まれてみてえ。ただし、うぽっぽの旦那は十手持ちだ。どう逆立ちしても、おめえのやってきたことを許すたあ、おもえねえがな」

　項垂れるおでんを見下ろし、伊助は顎をしゃくった。

「弥十、縄を解いてやれ」

「え、よろしいんで」

「早くしろい」

「へい」

　いましめを解かれたおでんのそばに、勘兵衛は屈みこんだ。

「おれの役目は悪党をふんじばることだ。ただし、ふんじばった野郎を獄門台におくる気はねえ。できることなら、生きて罪を償ってほしいと願っている。法度《はっと》があるかぎり、打ち首にしなくちゃならねえのもいるがな、どんな悪党にも良心の欠片《かけら》はある。おれはそう信じて、お役目を何十年もつづけてきたんだ。巳代次はたしかに悪党だが、助かる見込みはある。そいつに賭けてみねえか、なあ、おでん」

「わたしに、賭ける資格なんぞありません」

「いいや、おめえにはある。久右ヱ門に盗み金を返《け》えしたんだろう。おめえにはな、人を気遣う優しさがある。そいつは背中を揉んでもらった者なら、誰だってわかるはずだ」

勘兵衛は黙った。言いたいことは、すべて言った。

おでんは顔をあげ、きっぱりとした口調で応えた。

「かしこまりました。巳代次のもとにご案内いたします」

伊助と弥十の頬に、赤味が射した。

「よくぞ決心してくれたな、ありがとうよ」

勘兵衛はおでんの肩に、そっと手を置いた。

おでんとふたりでむかったさきは、甲州街道に近い忍《しのぶ》横丁の裏長屋だった。

何のことはない、小半刻足らずでたどりつける場所だ。新宿にも近い。元来は忍《おし》藩（十万石）の藩主が開いたことに因《ちな》む名だが、街道の裏手には出合茶屋なども見受けられる。

巳代次は部屋にいなかった。

隣近所にも人気《ひとけ》はない。人は住んでいるはずだが、長屋全体が死んだように静まりかえっている。

十三夜の月だけが、皓々《こうこう》と天にあった。

「あのひと、昨日から今日の夜更けまで留守にしているんです」

「博打か」

「はい」

枕探しで稼いだ金を、博打に注ぎこんでいるのだ。

「だから、わたしが捕まったことを知らない。きっと、帰ってくるはずです」

それが朝までだろうと、勘兵衛は待つ気でいた。

おでんは腰を屈めて軒を潜り、上がり端に座る。

部屋には夜具以外に、めぼしい家財道具はない。

竈《かまど》すら使われた形跡がなかった。

「隠れるためだけの部屋なんです」

こうした部屋が、品川と千住と板橋にも借りてあるという。

「四宿のそばに隠れ家を借りてあったわけか。ほとぼりがさめるまでは、人目につかねえ部屋で過ごす。どうりで、みつからねえわけだ」

「わたしはのろまだから、昨日、増上寺までお参りに出掛けて、門前で夜鷹屋の若い衆に捕まっちまったんです」

「どうして、人目に立つところに行ったのだ」

「仲の良かった友達の祥月命日だったもので」

「まさか、わざと捕まったんじゃねえだろうな」

おでんは黙った。

たぶん、そうなのだろう。

巳代次を逃がそうとおもい、追っ手の目が南に注がれるようにしむけたのだ。ひょっとしたら、巳代次の罪までかぶろうとしたのかもしれない。

「撲られた傷は痛まねえのか」

「平気です……あの」

「ん、なんだ」

「あのひと、どうなるんでしょうか」

「さあな、そいつは本人次第だ」

「本人次第」

「ああ、命までは取らねえ。返答によっちゃ、三都追放あたりで済ましてやることもできるし、死ぬまで戻ってこられねえところに送ることだってできる」

「八丈ですか」

「まあな、そうなりゃ、おめえとは二度と逢えなくなる」

「わたしも同罪です。八丈でもどこでも流してやってください」

「そうはいかねえ。おめえは巳代次と別れさえすれば、まっとうな道を歩むことができるんだ。自分でもわかっているはずだ。そうしたくても、できねえんだろう」

「ひとりだけ、おめおめと助かるわけにはいきません」

「おめえの罪はな、枕探しの片棒を担いだことなんかじゃねえ。巳代次みてえな虫螻《むしけら》を心の支えにしちまったことだ。あんな野郎の道連れになって、地獄に堕ちることはねえ。それでも未練があるというなら、あの男の本性をみせてやる。そうすりゃ、おめえも目が醒《さ》めるだろうよ。それにな、おめえにゃひとつ、やらなきゃならねえことがある」

「やらなきゃならないこと」

「あるお方のもとを訪ね、直《じか》に謝らなくちゃならねえ」

「ど、どなたでしょうか」

「そいつは、巳代次の始末がついたら教えてやるよ」

勘兵衛は、にやりと笑った。

それから数刻が過ぎ、からだもすっかり冷えきったころ。

ぎぎっと、裏木戸の開く音が聞こえてきた。

勘兵衛とおでんは身じろぎもせず、軒下の暗がりに身を隠している。

やってきたのは、巳代次だった。

足を忍ばせて近づき、腰高障子の手前で左右をみまわす。

怪しい者の影がないのを確かめ、暗い部屋のなかに消えてゆく。

すぐさま、障子に行灯《あんどん》の光が映った。

部屋に勝手口はない。三方は壁なので、表口以外に逃げ口はなかった。

勘兵衛はおでんを残し、障子の正面に立った。

息を詰め、たんと障子を引きあける。

「巳代次、邪魔するぜ」

一歩踏みこんだ途端、黒い影が伸びあがってきた。

「先刻承知なんだよ」

しゅっと、匕首《あいくち》が閃《ひらめ》いた。

「もらったぜ」

咽喉笛を掻っきられた。

と、おもった瞬間、勘兵衛が左袖をひるがえす。

背中から十手を引きぬくや、間髪を容れず、小悪党の毛臑《けずね》に叩きおとした。

「ぬげっ」

巳代次は痛みに耐えかね、土間を転げまわった。

勘兵衛は十手を仕舞い、ふうっと息を吐く。

上がり端に腰掛け、しばらく様子を眺めた。

「折れちゃいねえが、骨にひびはへえったな。その足じゃ、逃げるわけにもいくめえ」

「糞役人め、盗み金はここにゃねえぞ」

「だから、どうした」

「か、邯鄲師はよ……ブ、ブツを押さえねえことにゃ……お、お縄にゃできねえ。そ、それが法度だろうが」

「偉そうに説教しやがって。縄を打つこともねえさ。おめえを夜鷹屋にくれてやりゃいいだけのことだ」

「ふん、勝手にしやがれ」

「そのめえに、ひとつだけ聞いておきてえことがある」

「あんだよ、糞役人」

「おめえ、おでんをどうおもってんだ」

「おでん」

「ああ、おめえのために苦労をかさねた女のことさ。おでんはな、夜鷹屋に捕まったんだぜ。縛りつけられ、撲られても、おめえのことを庇いとおそうとしたんだ」

「だから、なんだってんだ」

「情けを感じねえのか」

「ふん、ありゃ、おれが買った女さ」

「今となってみりゃ、女房も同然だろうが」

「冗談じゃねえ。ありゃ、ただの道具よ。おれさまが生きてゆくためのな」

「おでんが聞いたら、さぞ悲しむだろうな」

「あの女は泣かねえさ。自分が道具だってことは、最初からわかってらあ。道具がよ、泣くわけがねえだろ、うへへ」

勘兵衛はつっと腰をあげ、巳代次を見下ろした。

鬼のような形相に変わっている。

「な、なんだよ」

「壁蝨《だに》めが」

吐きすてるや、巳代次の臑を踏みつけた。

「ひいいい」

凄まじい悲鳴が、裏長屋の静寂を破る。

おでんは軒下で身じろぎもしなかった。

八

数日後。

夜鷹会所を営むくつわの伊助は、南町奉行所に呼びだされた。

勘兵衛との約束を忘れていたので、何かの落ち度があって与力あたりからきつい叱りを受けるものと覚悟して伺ったのだが、予想だにしない出来事が待っていた。

何と、奥座敷に招かれ、奉行の根岸鎮衛から直々に労《ねぎら》いのことばがあり、褒美として金子が下賜されたのである。

伊助は平蜘蛛のように伏したまま、顔をいちどもあげられなかった。

ふだんは公権力を鼻で笑っている男が、いざとなると権力のまえに平伏《ひれふ》す。まさに、そうした例をみているようであった。

——うぽっぽを救った褒美じゃ。謹んで受けとるがよい。爾後《じご》も夜鷹たちのため、努力いたすのじゃぞ。

根岸は淡々と言いはなち、すぐに席を退った。

そのときになってはじめて、伊助は夢から醒め、勘兵衛との約束をおもいだした。

鮫ヶ橋の会所に立ちもどり、下賜された奉書紙を開いてみると、金子は九両二分きっちりであったという。

伊助のことなど、どこ吹く風。

勘兵衛は晴天のもと、巡回ついでに芝居町の番屋までやってきた。

駒繋ぎ柵の外に縁台を引きずりだし、銀次が惚けた顔で座っている。

「おい、すっぽんの銀次」

「あっ、旦那。へへ、陽気が良いもんだから、つい、ぼけっとしちまって」

「おしまを連れて、亀戸天神にでも行ったらどうだ。藤が満開らしいぞ」

「藤といやあ、久右ヱ門とおでんは、どうしておりやすかねえ」

「そいつは、こっちが聞きてえな」

「たしかに、あっしは旦那に大役を申しつけられ、久右ヱ門のところへ行きやしたよ。おでんの素姓からはじまり、紅色の湯呑みの逸話まで、つつみかくさず教えてやりやした。それでも、旦那の読みどおり、久右ヱ門はおでんに逢いてえと抜かしやがった。おでんをひとりじめできるんなら、身代を注ぎこんでもいいとまで抜かしやしたよ。ところが、いざ、旦那がおでんに言いふくめて備前屋に行かせたあとは、梨の礫《つぶて》でさあ。いってえ、顛《てん》末《まつ》はどうなったんだか。むこうから挨拶に来るまで待っていようと、旦那は悠長に構えていなさるし」

「待つしかねえさ」

「おでんにゃ、たしかめなくちゃならねえこともあるんですよ」

「なんだっけな」

「こいつです」

銀次は袂を探り、丁寧にたたんだ文を取りだした。

覗いてみれば「邯鄲師神輿草、新宿追分えんま屋におり」とだけ、震えた文字で書かれてある。文字のひとつひとつに祈りが込められており、捨ておけないものを感じたことがすべてのはじまりだった。

「この文を樽拾いの小僧に預けたのは、雲をつくような侍えだと想像しておりやしたがね、そいつはどう考えても、おでんだったにちげえねえ」

「たしかめるまでもねえことさ。巳代次を捕まえてほしいんだか、捕まえてほしくねえんだか、おでんはどっちつかずの気持ちを、そのまんま文にしちまったんだ」

銀次は、ほっと溜息を吐く。

「ひとってのは、めぐりあう相手によって、どうとでも人生は変わる。ことに、娘はそうだ。おでんが出逢った相手も、巳代次じゃなかったらって、そんなふうにおもうこともありやす」

「まったくだ。がよ、おでんの運は尽きたわけじゃねえ。勇気を出して文をしたためたことで、みずから運を拓《ひら》いたんだ」

「じゃあ、旦那は久右ヱ門とおでんのことを」

「これっぽっちも、心配してやいねえさ」

「そうでしょうかね」

ふたりは、半刻ばかり縁台で道行くひとを眺めて過ごした。

やがて、人影が長く伸びるころ、遠くからでもすぐにそれとわかる大きな女が親父橋を渡ってきた。

「あ、旦那」

「来たか」

「へい」

おでんだけではない。かたわらには、久右ヱ門の若やいだ顔もあった。

おそらく、勘兵衛の所在を誰かに聞いてきたのだろう。

ふたりは急ぎ足で、まっすぐ自身番をめざしてくる。

勘兵衛と銀次は、同時に立ちあがった。

久右ヱ門が小走りに近づき、深々と頭を垂れる。

「長尾さま、お役目とはつゆ知らず、いつぞやは傍若無人な振るまい、どうか、お許しください」

「おれは印伝屋の番頭だぜ」

「なにを仰います」

「ま、いいじゃねえか。堅苦しい挨拶は抜きにしな」

「ありがとう存じます」

「で、なんか用か」

「おでんともども、ご挨拶に伺わねばならなかったことを、まずは陳謝申しあげねばなりませぬ」

「気にすることはねえさ」

「長尾さま、おでんのおかげで、わたしは人を許すということの尊さを学びました。じつは、妾のおふじが死なずに済みましてね」

「ほう、よかったじゃねえか」

「番頭の精三郎とふたり、溜送りになりますが、いずれ、ふたりとも足を洗わしてやろうとおもっております」

「そいつは殊勝なこった。世間の評価も変わるだろうよ」

「そこでひとつ、備前屋久右ヱ門、後生一生のお願いがござります」

「なんだよ、あらたまって」

「事情はどうあれ、これに控えるおでんは邯鄲師の片棒を担ぎました。本来なら、お縄を頂戴しなくちゃならないところです。でも、旦那は一刻の猶予を与えてくだすった。そのうえで、図々しいお願いなのでござりますが、どうか、おでんを見逃してやっちゃもらえませんか」

土下座までされかねない雰囲気になり、勘兵衛は顎を撫でまわした。

「ちなみに聞くが、おでんを許したら、どうなる」

「はい、備前屋の内儀になってもらおうかと」

「え」

これには、当のおでんが仰天した。知らなかったのだ。

勘兵衛は涼しげな目で、おでんをみつめた。

「どうだ、おでん。一から出直してみるか」

おでんはことばに詰まり、嗚咽《おえつ》を漏らしはじめる。

「なにも泣くことはねえ。備前屋の旦那がめでてえはなしをもってきてくれたんだ」

勘兵衛の目にも、光るものがある。

銀次は隣で、洟水《はなみず》を啜っていた。

おでんはひとしきり泣いたあと、恥ずかしそうに紙包みを差しだした。

「これを、旦那に」

紙を開いてみると、鮮やかに色づいた花束が目に飛びこんでくる。

「藤か、こいつは嬉しいな。ありがとうよ」

「はい」

　おでんは嬉しそうに微笑み、久右ヱ門は丁寧にお辞儀をしてみせる。

「長尾さま、いずれ、あらためて御礼に伺います」

「おめえは来なくていい」

「へ」

「おでんには来てほしいところだが、そいつはもうできねえ相談だな。へへ、大店の内儀に足力を頼むことはできねえや」

「そんなことはありません」

　久右ヱ門が額の汗を拭いた。

「うぽっぽの旦那。いいえ、長尾勘兵衛さまなら、いつでも呼んでいただいて結構です。なあ、おでん」

「はい」

　そうもゆくまいとあきらめつつも、勘兵衛は礼を述べた。

「それでは、失礼いたします」

　ふたりの背中が親父橋のほうに遠ざかってゆく。

　久右ヱ門が、おでんに優しく包みこまれているようだ。

夕焼け空を見上げれば、つがいの親燕《つばめ》が横切ってゆく。
湿り気をふくんだ夏の風が、勘兵衛の裾をさらっていった。

藪《やぶ》雨《さめ》

一

鬱陶《うっとう》しい雨はあがった。

傾斜のある土手を舐《な》めるように風が吹きぬけた。

十かそこらの娘が、姫女苑《ひめじょおん》を無心に摘んでいる。

そのすがたを眺め、勘兵衛は重い溜息を吐《つ》いた。

汀《みぎわ》に目を戻せば、乳房をさらした屍骸《むくろ》が浮かんでいる。

藻のような黒髪は杭《くい》に絡まり、赤い腰巻きを着けただけの屍骸は揺れながら、浮きつ沈みつしていた。

「たまらねえな」

銀次は折れた棹《さお》を巧みに操り、絡まった黒髪を解いてみせた。

小者ふたりが膝まで水に浸かり、屍骸を担いで戸板に寝かす。

勘兵衛は背帯に挟んだ十手を引きぬき、うっこらしょっと腰を屈めた。

「きれいなほとけだ。三刻《とき》と経ってはおるまい」

「するってえと、ほとけになったな丑《うし》ノ刻《こく》あたりでしょうかね」

銀次も隣に屈み、死体を丹念に調べはじめる。

「恐《こえ》え顔をしやがって。まるで、般若《はんにゃ》だな」

「いざ殺《や》られるってときの顔さ」

「殺しでやすか」

「まあな」

「あ、このほとけ、右足の小指が欠けておりやすよ」

「どれ、古傷だな」

「この足で春をひさぐ手合いといやあ、舟饅頭か」

銀次は頷《うなず》きながら、死体をひっくり返した。

「旦那、ほら、背中に深え金瘡がありやす」

「どれどれ。ふうむ、金瘡はふたつだな」

「袈裟懸《けさが》けに斬ってから、どんと胸をひと突きか」

「高尾稲荷のおせん殺しと、遣り口はいっしょだ」

「旦那の仰《おっしゃ》るとおりで」

梅雨にはいって、これでふたり目。

殺されたのはいずれも三十半ばの女、年恰好はおなじだが、ひとり目のおせんは深川佐賀町で油問屋を営む大店の内儀だった。死体がみつかった場所は永代橋の西詰め、むかし吉原遊郭で名を馳《は》せた高尾太夫の髑髏《どくろ》を祀《まつ》る高尾稲荷の祠内である。

「二太刀《たち》できっちり命を取りやがった」

「背中を狙ったのは、返り血を避けるためかな」

「ひとりは大店の内儀、もうひとりは泥舟で暮らす舟饅頭。ふたりの女に繋《つな》がりはありそうにねえ。だとすりゃ、通りすがりの凶行とみるのが順当でやしょうかね」

「そいつは、まだわからんぞ」

辻斬りだとすれば、下手人の捕まる率はぐんと下がる。

おせんは日本橋や神田界隈《かいわい》に所用で出向いたとき、帰りしなにかならず高尾稲荷を詣《もう》でる習慣があったという。習慣を知っていた者のしわざか、それとも、行きずりの殺しだったのか。いずれにしろ、おせん殺しは本所廻りの手に委ねられたので、勘兵衛と銀次の出る幕はない。

「どうせ、本所廻りのこった。物狂いの辻斬りで一件落着、下手人なんざ捕まえずに済ましちまうにちげえねえ」

「銀次よ、びんぞりの文七が怪しい男を捕まえたと聞いたが、その後どうなった」

「そいつは酒に酔って呂律《ろれつ》のまわらねえ侍《さむれ》えでしてね、素姓がわかったらすぐに縄を解かれやした」

「素姓とは」

「黒木《くろき》某とかいう旗本だったんですよ。しかも、歴とした番方の組頭とくりゃ、町屋の番所に留めおくわけにもいかねえ」

　幕臣の取締りは目付の役目、町奉行所の捕り方がしゃしゃり出れば、ややこしいはなしになる。

「そうは言っても、役付きの旗本というだけで縄を解いたとあれば、役目怠慢というべきだろう」

「聞くところによりゃ、夜目遠目ながら下手人をみた辻番がひとりおりやしてね、その親爺に面通しをさせたところ、人違いだったとか。なんでも、下手人は月代《さかやき》を伸ばした浪人風体《ふうてい》だそうで」

「あてにならぬな。白だというなら、縄を打たれた旗本のほうが黙ってはおるまい」

「旗本にも大袈裟なはなしにできねえ事情がありやした。へへ、永代寺門前の仲町にしけこんだ帰《け》えりらしくて」

仲町といえば、深川七場所の筆頭にあげられる岡場所だ。幕臣の岡場所出入りは厳しく禁じられているので、おおやけにされたら困る。

「双方だんまりでしゃんしゃん、手仕舞いになったってわけで。黒木某とかいう旗本、ちょっくら調べてみやすか」

「ふむ、そうしてくれ」

「へ」

銀次はすっと腰をあげた。

刹那《せつな》、背後の土手から「きゃっ」と悲鳴が聞こえた。

さきほどの娘だ。

姫女苑に埋もれて、すがたはみえない。

勘兵衛は振りむきざま、土手を駆けのぼった。

草を掻《か》きわけて近づくと、娘は石のように固まったまま震えている。

「おい、どうした」

優しく声を掛けるや、花束を抛《ほう》ってわっと泣きだした。

抛られた花の一部が、どす黒く変色している。

「血か」

足下をみると、そこだけ薙《な》ぎたおされた草花に点々と血痕が付着していた。

「もう大丈夫だ。ほら、菓子でも買ってお帰り」

勘兵衛は娘の頭を撫で、小銭を手渡して遠ざけた。

舟饅頭はここで殺されたのだ。

凶刃から逃れようと、必死に土手を這《は》いあがった。しかし、途中で追いつかれ、背中をばっさり斬られたうえに、左胸を突かれた。さらに、蹴りおとされたのだろう。ほとけは土手を転がり、汀に落ちて川にいったん沈んだものの、髪が杭に絡まったため、流されずに浮かんできた。

勘兵衛は、雨中の凶行をおもいえがく。

「旦那」

銀次が顔を紅潮させ、駆けあがってきた。

「ほとけの名めえがわかりやしたぜ」

「ほ、そうか」

「名はおひゃく。菖蒲河岸《あやめがし》あたりじゃ評判の舟饅頭だとか」

銀次が汀を指差した。

粗末な身なりの女がひとり、戸板のまえで項垂《うなだ》れている。

どうやら、舟饅頭の仲間らしい。

「おひゃくには、船頭役の抱え主がおりやした。ところが、舟ごと今朝から見当たらねえそうで」

「抱え主の名は」

「与一《よいち》でやす」

「恐ろしくなって逃げたにしろ、なにか知っているかもしれぬ」

「まっさきに、与一を捜しださねえと」

「頼むぞ」

勘兵衛は土手を降り、呆然《ぼうぜん》と佇《たたず》む女に近づいた。

女は振りむきもせず、誰に告げるともなく喋《しゃべ》りだす。

「ちくしょう、五両貯まったら、伊勢へ抜け参りに行くって約束したのに……それを楽しみにしてたのに、なんでだよう、おひゃくちゃん。なんで、さきに逝っちまったんだよう……ちくしょう」

辰巳の方角に目を遣れば、満々と水を湛えた大川の落ち口がみえた。

落ち口と箱崎が分流するあたりはかつて三俣と呼ばれ、月の名所だった。明和のころに埋めたてられ、中洲は江戸でも有数の遊興地となったが、今から十七年前の寛政元年に掘りくずされて川に戻った。

大川の対岸は深川である。梅雨の晴れ間に陽が射せば、深川の向こうに濃紺の帯を幾重にも曳いた江戸湾の沖を見はるかすこともできた。

勘兵衛は、落ち口の手前を歩みはじめた。

菖蒲河岸の俗称どおり、このあたりには菖蒲が群生している。

おひゃくは、仲間の倍は稼ぐ舟饅頭であったという。が、所詮《しょせん》は泥舟に客を引きこむ安価な遊女、稼ぐといってもひときり六十文がよいところだ。底辺の暮らしであることにかわりはない。

それでも、おひゃくは生きていたかった。伊勢詣りへ行きたかったにちがいない。

「切ねえな」

勘兵衛は正面を睨《にら》んだ。

三町ほどさきの永久橋を渡れば、永代橋の西詰めは近い。

空を見上げると、いつのまにか、黒雲が低く垂れこめていた。

二

大川の流れは夙《はや》く、うっかりすると吸いこまれてしまいそうだ。

勘兵衛は、おせんが殺された高尾稲荷までやってきた。

稲荷の祠は百年前につくられたが、その由来は哀《かな》しい。

二代目高尾太夫は、才色兼備をもって知られた京町三浦屋の花魁《おいらん》だった。仙台藩主の伊《だ》達《て》綱宗《つなむね》に身請けされたものの、心に慕う情夫《いろ》があったので命に背いた。怒り心頭に発した綱宗は、三俣に浮かべた月見船の船上で高尾を吊るし斬りにさせたという。そして、御《み》首級《しるし》だけが、永代橋の西詰めに架かる豊海橋のそばに打ちあげられた。

右は芝居や講談用に脚色された由緒話だが、事の真偽は別にして、当時のひとびとは花魁の髑髏を稲荷明神の御神体に祀りあげた。女が運命に抗って生きることの難しさ、死ぬことの潔さに共感し、今も女たちの参拝者があとをたたない。

黒雲は空を覆い、いましも、雨が落ちてきそうな気配だ。

祠まで歩をすすめると、花を手向ける女がひとり、蹲《うずくま》って祈りを捧げていた。

「ん、おふうではないか」

驚いて声を掛けると、おふうが泣き腫らした目をむけた。

「あ、旦那」

「どうしたのだ」

「むかし馴染みが、ここで非業の死を遂げたと聞いたものですから」

「おせんのことか」

「はい。わたしが辰巳芸者だったころの仲良しでした」

「そうだったのか」

「若いころは御神酒《おみき》徳利みたいだって、よく言われましてね。芸者をやめた年もいっしょでした。わたしは庖丁人の女房になり、おせんちゃんは油問屋のご主人に請けだしてもらった。お妾さんでしたけど、みんなに羨ましがられましてね。白無垢《しろむく》姿で置屋《おきや》を出ていきましたっけ」

十年ほどまえ、油問屋の内儀が亡くなり、おせんが内儀になったと聞いた。

「それからは、どんとご無沙汰《ぶさた》しておりましたけど、まさか、こんなかたちで再会することになろうとは……」

おふうは絶句し、拳を握って俯《うつむ》いた。

勘兵衛は身を寄せ、優しく背中をさすってやる。

「……ご、ごめんなさい。つい、取りみだしちまって」

「悲しいときは泣きゃいいさ」

「もう大丈夫。あの、この一件は旦那が」

「いいや、本所廻りの役目だが、ちと気になることがあってな」

「そうですか。旦那のお役目なら、仇《かたき》をとってもらおうとおもったけど、無理を言っちゃいけませんね」

「水臭えことは言うな。おふうの願いなら、何だって聞いてやる」

「ほんとうですか、どんな無理難題でも」

「あたりめえだ」

勢いで応じてしまい、勘兵衛は戸惑った。

まさか、嫁に貰ってくれとでも言うのか。

おふうは指で涙を拭《ふ》き、にっこり微笑む。

「何をお願いしようか、考えときますよ」

「そうかい」

「ほっとしましたか」

「こいつ、からかっておるのか」

「うふふ、旦那っておもしろい。からかい甲斐がありますよ」

おふうにかかったら赤子も同然、勘兵衛は小鼻をぷっと膨らます。

「あとで線香をあげに行く。今日は長治の祥月命日だろう」

「いつも憶えていてくださるのは、旦那だけですよ」

「忘れやしねえさ」

「お待ちしています。美味しい肴《さかな》といっしょに」

「嬉しいな、生きる張りあいが出るってもんだ」

「まあ、大袈裟な。七つ過ぎには、いらしてくださいな」

「ああ、そうさせてもらう」

ふたりは祠から離れ、豊海橋の手前で別れた。

大川が渦巻きながら注ぎこむさきには、灰色の佃島が浮かんでいた。

七つ坊主の念仏を聞きながら、勘兵衛は新川河岸に足をむけた。

おふうを元気づけようと、手には豪勢な花束を抱えている。

庭に咲いた芍薬《しゃくやく》を、惜しげもなく切りとってきたのだ。

綾乃は怒るだろうが、事情をはなせばわかってくれるにちがいない。

提灯の消えた「浮瀬《うかむせ》」の周囲に、人の気配はなかった。

はやるおもいを抑えかね、大股で近づいてゆく。

すると、唐突に障子戸が開き、内から町人風の男が飛びだしてきた。

勘兵衛は袖《そで》をひるがえし、さっと物陰に隠れた。

男は肩をそびやかし、四つ辻に消えてゆく。

年は四十前後、背丈はひょろ長く、荒れた感じのする男だ。

顴骨《かんこつ》の張った右頬には金瘡があった。長さは三寸ほど、遠くからでも目立つ刀傷だ。

勘兵衛は胸騒ぎをおぼえつつ、見世のなかに踏みこんだ。

「おふう、おるか、おるのか、おふう」

自分でもおかしいほど、うろたえている。

おふうは返事もせず、二階から降りてきた。

「あ、旦那」

「どうした、暗い顔して」

「何でもないんですよ」

それ以上、強く訊《き》いてはいけないような気がして、男のことを切りだせなかった。

「ほれ、おぬしの好きな芍薬だぞ」

「まあ、嬉し」

芍薬の効用で、おふうはいつもの元気を取りもどした。

が、やはり、どことなく沈んでいる。

「おふうよ、何か困ったことがあるなら言うんだぞ。長《なげ》えつきあいじゃねえか。おめえが落ちこんでいるなあ、すぐにわかるぜ。さ、おれたちのあいだに隠し事は無しだ」

おふうは何も応えず、ただ、涙ぐんだ。

「旦那、ありがとう。でも、ご心配なく」

「そうかい」

どうにも煮えきらない。だが、喋りたくない気分なのだろう。

こういうときは、抛っておくにかぎる。

勘兵衛は導かれるまま、二階へあがった。

二階の八帖間で、おふうは寝起きしている。

小さな仏壇があり、戒名が三つ並んでいた。

左右が幼いときに死に別れた両親で、まんなかが七年前に病死した夫だ。

勘兵衛は膝で躙《にじ》りより、線香をあげた。

毎月の習慣なので、馴れたものだ。

「旦那だけですよ、線香をあげてくださるのは」

「長治は良いやつだった。無口でなあ、庖丁人らしい無骨な野郎だった。おふうが惚れたのもわかる」

「なにをいまさら、いやですよう」

「おめえだって、辰巳じゃ名の売れた芸者だ。それが吹けば飛ぶような庖丁人といっしょになった。よほどの決心だったんだろう」

「勢いですよ」

「勢いか」

「あのときは若かった。あとさき考えず、どこにでも飛びこんでいけました。酸いも甘いもわかっちまった今となっては、えいやとおもいきることなんざできやしません」

「おいおい、いつものおふうとちがうぜ」

「そうですか」

「一気に老けこんじまったみてえじゃねえか」

「旦那の勘違いですよ」

「そうかい、ならいいけどな」

「さ、下で一杯いかがです」

「お、そうしよう」

階段を降りたところへ、ちょうど、手伝いのおこまがやってきた。

駕籠《かご》抜け鳥も今は十八、二年前にはじめて逢ったころとはちがい、からだつきもずいぶんまるくなった。

「あ、うぽっぽの旦那」

「おう、雁次郎は達者か」

「一昨日も聞かれましたよ」

「挨拶《あいさつ》みてえなもんさ」

「あいかわらず、亭主は道哲《どうてつ》さんのお墓守をやっています」

「気に入らねえのか」

「そうじゃないけど、何やら恐くって」

「幽霊がかい」

「いいえ、このところ、墓場荒らしが多いんです」

「不景気だからな」

「旦那からも仰っていただけませんか」

「何て」

「お墓守なんかやめて、家でじっとしていろって。あの石頭、旦那のおことばなら、素直に聞くとおもうんです」

「稼ぎはどうする」

「このおこまが何とかいたしますよ」

「おふうが苦笑いしているぜ」

「女将《おかみ》さんに泣きつこうだなんて、ちっともおもっていませんよ。ずっと、よくしてもらっていますから」

「だったら、ほかで稼ぐのか」

「いざとなったら、寝る間も惜しんで、縫い物の内職をやります」

「へへ。おめえもすっかり、世話女房らしくなってきたなあ」

おこまは恥ずかしそうに笑い、奥に消えてゆく。

いれかわりに、おふうが燗酒《かんざけ》を盆に載せてあらわれた。

「肴はとりあえず、瓜揉みと奴」

「それで充分だ」

「あとで、鮎の塩焼きをお出ししましょ」

おふうのつけた燗酒を、勘兵衛は「とっときの席」で心ゆくまで味わった。

が、どうしても、頬に金瘡のある男のことが頭から離れない。

七つ半を報せる鐘の音が響き、表口のほうがざわめいてきた。

「いらっしゃいませ」

馴染み客の来店にあわせ、おこまの元気良い声が響いた。

三

三日後、朝。

――しし、しししし。

笹の葉を叩く雨音が、耳に飛びこんできた。

勘兵衛は、まっすぐに伸びる竹の先端を見上げた。

空はどんよりしているが、冷たいものは落ちてこない。

「妙だな」

「藪雨《やぶさめ》でやすよ」

銀次が、そっと教えてくれた。

雨ではなく、雀よりも小さな夏鳥が鳴いているのだ。

「藪雨の雄は他の巣へ飛んでゆき、巣作りや子育てを手伝いながら、手伝ったさきの雌んとこに居座っちまうんだそうです」

「駆けおち鳥か」

「へへ、浮気性のまめな野郎なんでしょ」

銀次は薄く笑った。が、目だけは笑っていない。

ここは麻布狸坂下の藪畳み。藪蚊にまじって銀蠅《ぎんばえ》がうるさく飛びかうあたりには、三十なかばの女が無惨なすがたで死んでいる。

「背中を袈裟懸けに斬り、どんと胸を突く」

おせん、おひゃく殺しと手口はいっしょだ。

「これで三人目」

「寺小姓がほとけの顔を見知っておりやした。名はおまん、麻布十番の裏店に三味線指南の看板を掲げた後家だそうで」

亭主は表店《おもてだな》で小間物を売るまっとうな商売人だったが、数年前に流行病《はやりやまい》で亡くなった。

ひとりのこされたおまんは、糊口をしのぐために三味線を教えはじめたらしい。

「別嬪《べっぴん》で色気がある。弟子の多くは長屋の親爺どもだとか。誰もがみんな鼻の下を伸ばしていたんでしょうけど、ほとけになっちまったら拝むしかねえ」

「まったくだ」

「亭主の墓がすぐそこの善福寺にありやしてね、おまんは三日にあげず、墓参りに通っていたとか。よっぽど惚れていたんでしょう」

「墓参りの道筋で狙われたか」

「ま、そういうこってす」

　おまんの習慣を知っていた者のしわざか、それとも、行きずりの殺しか。

　確証をつかんだわけではないが、明確な意図をもってなされた凶行のような気がしてきた。

　金か、恨みか、その他に人を殺すほどの理由でもあるのか。

　いずれにしろ、ほとけになった三人の関わりがわからぬかぎり、殺められた理由は浮かびあがってこない。

「舟饅頭の抱え主、行方はまだわからぬか」

「面目ありやせん。なにせ、あれだけ同業の連中がいて、顔を知る者がひとりもいねえ。与一って野郎、いつも頬被りをしておりやしてね。わかっているなあ、ひょろ長えからだつきだったってことだけ」

「ひょろ長い男か」

引っかかるものがあったが、勘兵衛にはぴんとこなかった。

屍骸の腐臭があまりにひどく、考える気力が失せてしまったのだ。

「旗本のほうはどうだ」

「そっちも白黒がはっきりしやせん」

旗本の姓名は黒木兵馬《へいま》、年は四十の手前だった。西ノ丸書院番の組頭を務め、職禄と家禄をあわせれば二千石にはなるという。

「旗本では中堅の部類だな」

「さいですね」

四谷塩町にたいそう立派な屋敷があり、隠居した父と母、おなじ旗本出身の嫁と五歳になる子息とともに暮らしている。

「くそがつくほど真面目な性分らしく、どうして岡場所なんぞに足をむけたのかと、本人をよく知る連中は誰もが首をかしげやす」

「人間には裏の顔がある。得てして、そっちのほうが本性であったりもする」

「なるほどねえ」

「辻番の親爺は」

「あたってみやしたが、月代の伸びた浪人者をみたの一点張りで。それがほんとうなら、月代を剃《そ》った鉢頭の黒木は白ってことになりやす」

「鉢頭なのか」

「ええ、この目でみたかぎりでは。そいつが何か」

「別に」

勘兵衛は憮然《ぶぜん》と言いはなつ。

下手人に結びつく端緒も得られぬまま、つぎつぎに犠牲者が出てゆくのだ。気分の良かろうはずはない。

「おひゃく、おせん、おまん……」

勘兵衛は女たちの名をつぶやき、ふっと口を噤《つぐ》んだ。

「……語呂合わせみてえだな」

「え」

「女たちの名さ」

「言われてみりゃ、百、千、万か」

「銀次、おまんのむかしをじっくり洗ってみようじゃねえか。おせんは辰巳芸者だった。おまんも小間物屋の女房になるめえは、辰巳芸者だったのかもしれねえ」

「旦那、ひょっとしたら、おひゃくも」

「舟饅頭は辰巳芸者の成れの果て、か。そうなりゃ、三人は太え糸で繋がるぜい」

悪党の意図も、おのずと炙《あぶ》りだされてくるだろう。

勘兵衛は、わずかな興奮をおぼえた。

と同時に、凶兆も察している。

「この殺しは、まだ終わっちゃいねえな」

近いうちに悲劇はまた訪れる。

そんな気がしてならないのだ。

——しし、しししし。


われにかえると、藪雨が鳴いていた。

雨音というより、蟬《せみ》の声に似ている。

笹叢《ささむら》の狭間《はざま》に、殺された女の右腕がみえた。

虚空をつかむ掌《てのひら》が、大輪の白い花のようだ。

湿った風が吹きぬけ、臭気をさらってゆく。

本物の雨が降ってきた。

四

雨音を聞きながら縁側に座り、そのまま眠ってしまった。
夢のなかにお千代舟があらわれ、暗い沖へ遠ざかってゆく。
お千代船には、手拭《てぬぐ》いを口にくわえた舟饅頭が座っていた。
待ってくれ。
——静。
遥かむかしに家を捨てた妻の名を呼んだ。
振りむいた女の顔はしかし、静ではない。
おふうか。
それと気づいた途端、小舟は満月に吸いこまれていった。
待ってくれ、おふう。
——しし、しししし。
地を打つ雨音で目が醒《さ》めた。
夢とうつつの境界が曖昧《あいまい》なままだ。

黄ばんだ紙片を、ぎゅっと握りしめている。

――すみません。綾乃をお願いします。

紙片には、消えかかった字でそう記されてある。

何百編となく繰りかえし読んだ。静の置き手紙だ。

「父上」

綾乃の跫音《あしおと》が近づいてきた。

勘兵衛は紙片を袖に仕舞い、大きな伸びをひとつした。

満天星《どうだん》の花は散り、垣根は清々しい緑に変わっている。

綾乃は背後に近づき、屈託のない顔で微笑んだ。

「父上、めずらしいお方がおみえですよ」

「ん、誰であろうな」

「雁次郎さんです」

「ほう」

「お正月以来ですね」

「そうだな。綾乃、今何刻だ」

「お坊さまの拍子木が聞こえましたから、七つ刻ですよ」

夕暮れは近い。

綾乃は奥に引っこみ、隻腕《せきわん》の大男が庭にあらわれた。

「おう、雁次郎か」

「ごぶさたしておりやした」

雁次郎は若いころ、大名お抱えの力士だった。腕っぷしが滅法強く、大相撲を引退してからは、吉原の鉄棒引《かなぼうび》きとして四郎兵衛会所に雇われていた。大門脇に控える四郎兵衛会所は遊女の逃亡を防ぐ砦《とりで》。鉄棒引きは屈強な夜廻りのことで、揃いの仕着せを纏《まと》い、重い鉄棒を引きずりながら火の用心を呼びかける。

雁次郎はとある遊女に岡惚れし、よせばいいのに足抜けを手伝った。遊女はまんまと逃げおおせたが、自身は潔く会所に出頭し、掟によって右目と右腕を奪われた。

勘兵衛は哀れにおもい、働き口をいくつか紹介してやった。が、いずれも長続きせず、仕舞いに身を落ち着けたさきが浅草の西方寺《さいほうじ》だった。投込寺として知られる西方寺は吉原へ通じる日本堤の南端にあり、土手の道哲と通称されている。

「おこまに聞いたぞ。近頃は墓荒らしが多いらしいな」

「てえしたことはありやせん。江戸を知らねえ山出し者が、供え物を盗みにくるくれえなもので」

「道哲の墓守と言えば雁次郎、怪力の番人がおることは知れわたっておるからな。江戸に馴染んだ悪党なら、盗みにはいることもあるまい」

盗みにはいった者は、かならず後悔する。鼻を潰されるか、腕の骨を折られるか、どっちにしろ、無事に墓から出てはこられない。

綾乃が茶を淹《い》れてきた。

「雁次郎さん、立っていないでこちらへどうぞ」

「もったいねえです」

「ご遠慮なさらずに」

「命の恩人のお嬢さまに、そうやってお気をつかっていただいたら、あっしはどうしていいものやら」

「雁次郎さんが刺されたのは、二年もまえのおはなしでしょ。もう、忘れておしまいなさいよ」

「とんでもねえ。お嬢さまや旦那に頂戴したお情けを、忘れることなんざできやせん」

上方からおこまを追ってきた連中に、雁次郎は背中を刺されたのだ。そのとき、仁徳と綾乃の手当てで命拾いをした。

「人間、生きていりゃいいこともある。そいつは、うぽっぽの旦那に教えてもらったことでさあ。おこまといっしょになってから、あっしにゃ生きる張りあいってもんが出てきやした」

「そいつは、おこまもいっしょだ。あの娘は十四で女衒《ぜげん》に売られ、島原遊郭で何人もの客をとらされた。あげくのはてには、江戸で紅屋を営むろくでもねえ若旦那の法螺《ほら》を信じ、命懸けで廓《くるわ》抜けをやらかした。三月《みつき》半もかけて江戸へ出てきたはいいが、信じた若旦那には裏切られた。世間の厳しさを知ったってわけだ」

　大川に身投げまでしようと、そこまで追いつめられた十六の娘が、道哲の墓守に出逢って人が変わった。

「生まれてはじめて、幸福の味を知ったのさ。人に愛されるってことを、おめえが教えてやったんだよ」

「とんでもねえ。ぜんぶ、旦那のおかげでさあ」

「誰のおかげでもねえさ。おれはな、おめえとおこまのことが心配なんだ。何かあったら遠慮せず、すぐに訪ねてこい。なあ、綾乃、おめえもそうおもうだろう」

「はい」

　綾乃は少し目を潤ませ、奥に引っこんでしまった。

「で、雁次郎、今日は何用だ」

「じつは、女将さんのことで」

「おふうの」

「へい、このところ、女将さんの様子が変だって、おこまに相談されやしてね。妙な男が浮瀬にちょくちょく訪ねてくるらしいので」

勘兵衛は身を乗りだした。

「そいつをみたのか」

「いいえ、あっしはみておりやせんが、おこまはみやした」

「右頬に金瘡のある男か」

「さいです。旦那もご存じで」

「ちらりと、見掛けただけさ」

「おこまが心配して声を掛けても、女将さんは鬱《ふさ》ぎこんだまま、何も応えてくれねえときもあるそうです。もちろん、あっしなんざ、はなしになりやせんや。頼ることができんのは、旦那だけなんで。余計なことかもしれやせんが、女将さんの相談に乗ってやってはいただけやせんか」

相談に乗りたいのは山々だが、肝心のおふうにその気がなければ仕方ない。

それでも、勘兵衛は自信ありげに胸を叩いた。

「よし、任せておけ」

「ありがてえ」

雁次郎は礼を言い、茶も呑まずに帰っていった。

五

翌日も朝から雨となった。

空梅雨だとばかりおもっていたが、そうではないらしい。

勘兵衛は「浮瀬」ではなく、橋町の「喜久野屋」という置屋を訪ねた。

女将の菊恵《きくえ》が、おふうと姉妹のように親しいことをおもいだしたのだ。

ひょっとしたら、頬に金瘡のある男のことを知っているかもしれない。

菊恵は朱《しゅ》羅宇《ラウ》の煙管《キセル》を燻《くゆ》らしながら、置屋の帳場にでんと座っていた。

貫禄がある。二十人からの芸妓を抱える置屋の主だけはあった。

勘兵衛が傘をたたんで敷居をまたいでも、菊恵は眠そうな目をむけるだけだ。

「おや、うぽっぽの旦那」

「ひさしぶりだな、息災か」

「ええ、おかげさまで。ご覧のとおり、でっぷり太っちまいましたけど」

「艶《つや》は消えてねえぜ」

「まあ、旦那がお愛想だなんて、おめずらしい」

「本心さ、おめえはいい女だ」

「嬉しゅうございますがね、告げる相手をまちがってやしませんか。うふふ」

四十年増の女将は色気を振りまき、奥にむかって大声をあげた。

「ちょいと誰か、お茶をお出し。お相手は八丁堀の旦那だからね、ぼさっとしてんじゃないよ」

どうらんを首に塗った妓《こ》が、丸盆を手にしてあらわれた。

「おいでなされまし」

丸盆には燗酒のはいった銚子と、猪口がふたつ置いてある。

「おみつ、胡瓜《きゅうり》の浅漬けでも持ってきな」

「はい、女将さん」

おみつと呼ばれた妓は、ぺこりとお辞儀をして引っこんだ。

「なかなか、小才の利きそうな娘じゃねえか」

「まだ十四ですよ。ここにきて半年足らずですけど、筋がよさそうなんで楽しみにしているんです」

「菊恵姐《ねえ》さんは躾《しつけ》に厳しいが、きちんと芸を仕込んでもらえるって評判だ。売られたさきが喜久野屋でよかったろうぜ」

「どうでしょうかね。売られたことにはかわりないんだから、娘たちにしてみれば、どこでもいっしょでしょうよ」

「そんなものか」

「さ、旦那、おひとつ」

「お、すまねえ」

勘兵衛は注がれた酒を、すっと干した。

「ふふ、見事な呑みっぷり。おふうちゃんの言ったとおりだねえ」

「返盃といこう」

「おありがとう存じます」

菊恵は膝をくずして咽喉《のど》を反らせ、返盃の酒を呷《あお》った。

細い鼻の穴をひくつかせ、ふうっと息を吐いてみせる。

「昼間のお酒は格別ですね。よろしかったら、煙草もどうぞ」

「いいや、遠慮しておこう。菊恵姐さんのお先煙草にゃ媚薬が仕込まれている。そんな噂を聞いたことがあるからな」

「誰です。根も葉もない戯《ざ》れ言《ごと》を吐いてんのは」

「さあな」

「ま、いいでしょ。今日はどんな御用です」

「最近、おふうと逢ったか」

「この十日ばかり、逢っちゃおりませんけど」

「それなら、おふうの様子を知る由もねえか」

「おふうちゃん、どうかしたんですか」

「えらく落ちこんでいるのよ。じかに理由を訊いても、大丈夫と言うばかりで埒《らち》はあかねえ。姐さんなら、何かおもいあたる節でもねえかとおもってな」

「ひょっとしたら、旦那のせいじゃござんせんか」

「おれのせいだと」

「ええ。おふうちゃんは旦那にほの字なんです。旦那は怠け者にみえるけど、いざとなりゃしゃんとする。困ったひとがいれば手柄とは無縁でも救ってやるし、咎人《とがにん》でも情にほだされりゃ救ってやる。度量の大きいおひとなんだって、おふうちゃんはいつも、聞き役のわたしが赤面するほど、旦那を褒めちぎるんですよ」

そのはなしは以前、おふう自身の口から聞いたことがあった。

「おふうちゃん、旦那のはなしをしたときは、きまって深酒になるんです。どれだけがんばっても、旦那の心は奪えないってね。奥様のことですよ」

菊恵は置注ぎで酒を注ぎ、たてつづけに盃を干した。

静のはなしも、以前に聞いた。

勘兵衛は、耳をふさぎたくなった。

「家を出ちまったのは、二十年もむかしのことなんでしょ。それでも、旦那は浮瀬で淋しげなお顔をするときがおありだそうですね。きっと奥様のことを、忘れようにも忘れられないんだって、おふうちゃんはおんおん泣くんですよ」

「女将、もうわかった」

「わかっておられるんなら、早く娶《めと》っておやりなさいな」

酒の勢いも手伝ってか、菊恵の口調はいつになく厳しい。

「ま、わしのことはさておき。おふうのもとに、ここ数日、ちょくちょく訪ねてくる男があってな。右頬に金瘡のある痩せた男だ。たぶん、そいつのせいで鬱ぎこんでいるとおもうのだが、そいつにおぼえはないか」

「右頬に金瘡、ちょいとおもいあたりませんねえ。そりゃそうと、おせん殺しのほうはどうなりましたか」

「そっちは本所廻りの役目だ」

「それなら、おまんちゃんの一件は」

「ちょっと待て。女将はふたりを知っておるのか」

「ふたりとも辰巳芸者だったんですよ。可哀相に、無惨な死にざまをさらしたそうじゃありませんか。世間じゃ、辻斬りの仕業だって言っていますけど、そうであるはずはありませんよ。だいいち、仲の良かったあのふたりが、おんなじ手口で斬られたんですからね」

「ふたりは仲が良かったんだな」

「ええ、とっても。もうひとり、おひゃくっていう妓がおりましてね。百奴に千太郎、それに万吉の権兵衛名で、お座敷に出ておりましたっけ。縁起を担いだお馴染みさんは、三人まとめて呼んでおられましたよ」

　勘兵衛の顔が、みるまに紅潮してくる。

「旦那、どうしなすったんです」

「どうしたもこうしたもない。じつはもうひとり、凶刃に斃《たお》れた舟饅頭がおってな、おひゃくという名なのだ」

「げっ」

菊恵は腰を抜かしそうになった。

「三人のことは、あたしなんかより、おふうちゃんのほうが詳しいはずですよ。いっしょに座敷にあがったこともあったでしょうしね。あ、そう言えば、おひゃくちゃんでひとつおもいだしました」

「なんだ」

「かれこれ、十数年もまえのはなしですが、おひゃくちゃん、刃傷《にんじょう》沙汰を起こしたことがありましてね。相手は情夫の優男、名は忘れちまいましたけど、そいつが浮気したとかしないとかで、寝ている最中に鋸《のこ》で頬を挽《ひ》いたんですよ」

「あったな」

うろおぼえだが、勘兵衛の記憶にものこっている。

剃刀《かみそり》ではなく、鋸をつかったのがめずらしく、巷間《こうかん》で話題になった。

「凶事のあった晩以来、おひゃくちゃんと情夫はどこかに消えちまったんです。何年かあと、上方の岡場所でよく似た妓をみたという者もおりましたけど、ふたりの消息はぱったり。時が経てば、何もかも忘れさられてしまいます」

「情夫の名は、与一じゃねえのか」

「忘れちまいましたねえ。でも、綽名《あだな》はたしか、藪雨」

「藪雨か」

「鳥の名だそうです。雄は他の巣作りを手伝って、そこに居座っちまうらしい」

情夫はもともと、大店の若旦那だった。遊びが過ぎて実家の身代をかたむけさせ、勘当された男らしい。

「浮気者なところが、藪雨に似ていたのかもしれませんねえ。ああ、それにしても、名前がおもいだせない」

年を取るごとに、記憶は失われてゆく。

菊恵の歯痒さは、勘兵衛にもよくわかる。

ともあれ、おふうを訪ねてみようとおもった。

六

誰にでも他人に知られたくない過去のひとつやふたつはある。

「おふう、正直に喋ってみな」

勘兵衛は「浮瀬」の二階で正座し、できるだけ優しく問いかけてみた。

おふうは畳をじっとみつめ、押し黙っている。

言おうか言うまいか、さきほどから迷っているのだ。

「旦那に、ご迷惑をお掛けしたくないんです」

「だから、水臭えことは言うなって」

勘兵衛は膝を寄せ、懸命に説得しつづけた。

もうすぐ正午だが、外は夕暮れのように暗い。

心を濡らす雨は、いっこうに熄《や》む気配もなかった。

「おれはみちまった。頬に金瘡のある男が見世から出てくるのをな。おふうが鬱々《うつうつ》としてんのは、きっと、そいつのせいにちげえねえ。ずっと、そうおもっていたんだ」

おふうは長い睫毛《まつげ》を瞬かせ、顎をわずかに震わせた。

「与一郎っていうんです」

ぽつりと、吐きすてる。

与一というおひゃくの抱え主の名が浮かんだが、余計なことは口に出すまいと、勘兵衛は黙ってさきを促した。

「十四、五年もむかしのはなしですが、わたしが辰巳芸者をしていたころ、ちょいと付きあっていた男なんです」

きっぱり別れたはずなのに、与一郎はふらりと見世にあらわれた。

「まるで、昨日別れたような顔で近づき、頬の金瘡をひけらかしながら、修羅場を踏んできたこれまでの経緯を自慢げに喋りました」

一度目は様子を窺《うかが》っただけで消えたが、二度目にやってきたとき、小悪党は本性をみせた。あらかじめ調べてきたのだろう。大黒柱の長治が亡くなり、女の細腕一本で見世を切りもりしている事情まで知っていたという。

「金を寄こせと、脅されたんです」

「払ったのか」

「はい」

おふうはなけなしの五両を手渡し、それで勘弁してくれと追っぱらった。

それでいったんはおさまったかにみえたが、数日後、味をしめた与一郎は小金をせびりにまたやってきた。

無い袖は振れぬと拒んでも、いっこうにあきらめてくれない。

蛇のような執拗《しつよう》さに辟易《へきえき》としながらも、おふうは抗えないものを感じていた。

勘兵衛は口をぎゅっと結び、与一郎への怒りを抑えこむ。

「虫螻《むしけら》同然の小悪党じゃねえか。そんな野郎の言いなりになるとは、おふうらしくもねえな」

「あいつ、消したはずのむかしをほじくりかえすんです」

「消したはずのむかし」

「ええ。それを喋っちまったら、わたしは旦那に嫌われる」

「嫌われるのを恐れて、自分ひとりで抱えこんじまったのか」

「はい」

「おふうよ、見損なってもらっちゃ困るぜ。おれは何を聞いたって驚かねえよ。おめえをみる目が変わるはずもねえ。さ、はなしてみな」

おふうはしばらく黙っていたが、やがて、ぼそぼそと喋りはじめた。

付きあう以前の与一郎は日本橋の表通りに店を構える太物屋の御曹司で、粋な芸者遊びのできる若旦那だった。見てくれもたいそう立派で、若い娘なら声を掛けられただけで胸をときめかせたものだが、銀流しと呼ばれるほどの浮気者でもあった。

おふうが付きあいだしたのは、与一郎が実家から勘当されたあとだったという。

泣きながら繰り言を聞かされ、情にほだされてしまった。それから半年ほど付きあい、稼ぎをぜんぶ貢いでやった。

ところが、あるとき、与一郎が「藪雨」と呼ばれているのを知った。芸者仲間を渡りあるき、順繰りに貢がせているという。呆れて問いただしてみると、すべて事実だった。愛想が尽き、すぐに別れようともおもったが、簡単には別れられない事情があった。

「わたし、与一郎の子を身籠《みご》もっていたんです。どうしても、子を産みたかった。双親とは幼い時分に死にわかれ、兄弟姉妹もいない。今からおもえば、自分と血の繋がった命が欲しかったんだろうとおもいます。でも、わたしは……わたしは」

与一郎に一抹の未練があっただけに、どうしても許せなかったにちがいない。

身籠もっているという事実さえも許すことができず、憎しみだけが膨らんでいった。

そして、ついに、おふうは悪名高い中条《ちゅうじょう》流医者のもとに足をむけた。

中条流は子おろし専門の医者、水銀で固めた丸薬を妊婦の産門に挿入し、胎児を腐らせて引きずりだす荒っぽい手法でも知られていた。あまりの痛みに耐えかね、悶え死ぬ妊婦もあったという。

「あのときの痛みは、今でも忘れられません。目を閉じれば、赤ん坊の泣き声が聞こえてくるようで」

肉体に負った傷は癒えても、心の傷は死ぬまで癒えない。

与一郎と別れたあと、おふうは庖丁人の長治に出逢った。

いざ、所帯をもつという段になって、与一郎との経緯や子をおろしたこともすべて正直にはなした。長治は微動だにもせず、すべてを受けいれてくれた。が、水子に祟《たた》られてしまったのか、ふたりのあいだに子はできなかった。

長治は強く子をのぞんでいたので、日を追うごとに過去の出来事が重くのしかかるようになった。ふたりの仲がぎくしゃくしはじめたやさき、長治はぽっくり逝ってしまったのだという。

おふうは、仏壇の位牌をみつめた。

「喋らなきゃよかったって、なんどおもったかしれません。ひとには知らなくてもよいことだってある。旦那、そうはおもいませんか」

おふうは語気を強め、むっつり押し黙った。

顔色は蒼褪《あおざ》め、表情が抜けおちている。

別人と対座しているようで、勘兵衛は悲しかった。

「与一郎は、そいつをネタに強請《ゆすり》をかけたのかい」

「はい、世間に子殺しの経緯をばらすと。そうなれば客足も遠のくし、商売にも影響してこよう。そんなふうに、言いました」

「好きなようにさせりゃいい。浮瀬が潰れることは、万にひとつもねえからな。この見世に通ってくる馴染みは、そんな薄情な連中じゃねえ」

「わかっております。でも、どうしても知られたくなかった。他の誰に知られてもよかった。でも、旦那にだけは知られたくなかったんですよう……う、うう」

おふうはたまらず、泣きだしてしまった。

勘兵衛は必死に、慰めのことばをさがす。

「おふうはおふうじゃねえか。おれは何ともおもわねえぞ」

「旦那」

「おれはおめえが好きだ。おめえさえよければ……」

と言いかけ、勘兵衛はことばを切った。

おふうが濡れた瞳で、じっとみつめている。

「……お、おめえさえよければ」

そのさきのことばが出てこない。

心の奥底で強い力が抗っている。

「旦那」

わっと、おふうが抱きついてきた。

優しいことばをかけてやりたくても、掌から砂がこぼれ落ちてゆくように、浮かんだことばが消えてゆく。

ただ、抱きしめてやることしかできない。

「いいの、いいの、抱きしめてくれるだけでいいの」

おふうは縋《すが》りつきながら、子どものように泣きじゃくっている。

勘兵衛は骨が軋《きし》むほど、きつく抱きしめてやった。

「おれに、まかせてくれぬか」

ようやく絞《しぼ》りだした台詞《せりふ》の意味を、おふうはどんなふうに受けとめたことだろう。

小悪党の与一郎を、どうにかしてくれるというのか。

それとも、おふうの人生を、どうにかしてくれるというのか。

質《ただ》されたところで、正直、勘兵衛にもわからない。

ただ、おふうの望むままにしてやりたいとおもった。

七

翌日も朝から夕まで、雨は絶え間なく降りつづいた。

勘兵衛の心も濡れている。

銀次の調べで、おひゃくの抱え主が右頬に金瘡のある男とわかった。

与一と与一郎は同一人物とみて、まずまちがいあるまい。そして、おひゃくもかつては辰巳芸者だった。おおかた、与一郎と誼《よしみ》を交わしたばっかりに、堕ちるところまで堕ちてしまったのだろう。

そのあたりの経緯を、おふうなら知っているかもしれない。

だが、勘兵衛は聞くことができなかった。

おふうは与一郎の所在を知らない。つぎにすがたをみせたら必ず報せるようにと釘を刺し、一方では銀次に与一郎の行方を捜させていた。

それにしても、いったい誰が女たちを殺《あや》めたのだろうか。

鍵を握る人物は、かつて「藪雨」の異名で呼ばれた与一郎だ。殺しに関わりのある男におふうは強請られている。しかも、過去の深い傷を剔《えぐ》りだされているという事実が、勘兵衛の気持ちに暗い影を投げかけた。

番傘をさし、魚河岸を背にしながら芝居町にむかう。

背後から拍子木を叩く音が聞こえてきた。

「七つ坊主か」

振りむけば、菅笠に黒衣を纏った托鉢僧が十人余り、数珠繋ぎで早足に近づいてくる。

増上寺の若い僧たちが何組にも分かれ、夕の七つを報せる鐘とともに、江戸じゅうに散らばるのだ。七つ坊主は拍子木を打ちながら念仏を唱え、急ぎ足で一刻ほど大路や辻裏をうろつきまわる。

浜町堀の落ち口でも、高尾稲荷の裏手でも、麻布の藪下でも、新川河岸の呑んべえ横丁でも、七つ坊主を見掛けた。

「不吉な」

勘兵衛はさきを急いだ。

親父橋のそばに、自身番がある。

「旦那、長尾さま」

引きちがいの障子戸が開き、銀次が飛びだしてきた。

「ちょうどよかった。お宅まで三平を呼びにやらせたところでさあ」

「なにかわかったのか」

「喜久野屋の女将に連れられて、おいちって女が訪ねてきやした」

「おいち、知らぬなあ」

「古株の辰巳芸者ですよ。殺された三人のこともよく知っておりやしてね、自分も誰かに命を狙われているとかどうとか」

「今どこに」

「自身番のなかで。ここに来りゃ、旦那に逢えるとおもったとかで」

駒繋ぎ柵の内側には、突棒、刺股《さすまた》、袖搦《そでがら》みの三道具が飾られている。

雨に濡れた三道具の脇に、ふたりの女が佇んでいた。

ひとりは「喜久野屋」の菊恵、もうひとりは色白の小柄な女だ。

「おいちか」

勘兵衛が番傘をたたむと、おいちは深々とお辞儀をしてみせた。

自身番は九尺二間《くしゃくにけん》の狭い小屋だ。敷居をまたいださきの三和土《たたき》には玉砂利が敷かれ、上がり端のむこうは畳の三帖間になっている。奥は窓の無い三帖の板間、板壁には罪人を繋いでおく鉄環がさがっていた。番太は気を利かせて外に出ているようだ。

女たちは上がり端のそばに座り、冷めた茶を啜った。

「さて、はなしを聞こうか」

勘兵衛はつとめて、落ちついた口調で喋った。

口火を切ったのは、菊恵のほうだ。

「おいっちゃんの権兵衛名は市助と申しましてね、仲町あたりのお茶屋じゃ引く手あまたの人気者ですよ」

三味線も上手いし、唄声にも艶がある。そのうえ、大食いを芸にしているらしい。

「大食いを」

「ええ、いちどきに丼飯を軽く三杯、蓬萊台《ほうらいだい》に載った五人分のご馳走をぺろりとたいらげるそうです」

「とてもそうはみえぬがなあ」

ところが、一連の殺しが巷間の噂にのぼって以来、米粒ひとつすら咽喉をとおらなくなった。無理もあるまい。殺された三人はみな、むかし馴染みなのだ。

が、どうやら、落ちこんでいる理由はそれだけではなかった。

「おいっちゃん、殺しの原因《もと》をつくったのは自分じゃないかって、そんなふうに悩んでいるんですよ」

怪しい者を知っていると本所廻りに訴えてはみたものの、てんで相手にされなかった。

おいちは悩んだすえに、世話好きで顔のひろい菊恵のもとへ相談にきたのだという。

「うぽっぽの旦那なら、きっと何とかしていただける。それで、訪ねてきたんですよ。なにかあったら親父橋の番屋を訪ねてこいって、以前に仰っていたものだから」

「足労かけたな。よし、あとは市助本人にはなしを聞こう」

勘兵衛がにっこり微笑むと、おいちは消えいるような声で喋りはじめた。

「まだ、卯の花が咲きかけたころのことでした。蔵前にある札差《ふださし》の旦那のお招きで、お城勤めの方々が仲町のお茶屋に遊びにいらっしゃいましてね」

若い芸妓にまじって、おいちも座敷に呼ばれた。

「なにせ、古参なものですから、旦那に気を遣っていただいて、今宵のお大尽にお酌をというおはなしになりました。おそばでお酌をするまで気づかなかったのですが、わたしはそのお大尽を知っておりましてね。十五年ぶりの邂逅《かいこう》だったもので、懐かしくもあり、悪《いた》戯《ずら》半分にちょっとからかってさしあげたんです」

艶っぽく都々逸《どどいつ》を唄いながら、ひとさし舞ってみせた。

それは十五年前の宴席で大うけした裸踊りのふりだったという。

「お大尽もたいそうご立派に出世なされたが、十五年前は組下の平侍で、上役どのに命じられるがまま、剽《ひょう》げた裸踊りを披露してみせたものだ。お酒の勢いも借りて、そんなふうに戯れてみたんです。笑って済ましていただけるものとおもったら、お大尽はものすごい剣幕で怒りだしましてね。死んでも許さぬという捨て台詞をのこし、帰っておしまいになられたのです」

「死んでも許さぬか。で、怒らせた幕臣の名は」

「西ノ丸書院番組頭、黒木兵馬さまです」

「なっ」

勘兵衛よりもさきに、銀次が驚きの声をあげた。

本所廻りにいちどは捕まり、縄を解かれた旗本にほかならない。

おいちは十五年前の宴席のことを、細部まで鮮やかにおぼえていた。

それは西松屋徳右衛門という札差の音頭で催された宴席だった。宴の主役となる大尽は田中八十助《たなかやそすけ》なる西ノ丸書院番組頭、組下のなかに黒木兵馬もおり、黒木だけが裸踊りを強要された。田中にいじめられているようだと、おいちは感じたらしい。

それから十年も経って、田中八十助と西松屋徳右衛門は、ほぼ同時期に変死を遂げた。田中は夜釣りに出掛けて川に落ち、一方の徳右衛門は辻斬りに斬られて死んだという。

「当時は深くも考えませんでしたけど、今となってみれば妙な気もします」

黒木兵馬は生真面目な小心者、親の地位を継いで組頭になった人物だ。酒席で恥を掻かされたことを、ずっと根に持っていたのだろうか。恨みと保身から殺人を犯したのだとしたら、あまりに狂気じみている。

「十五年前の宴席に呼ばれた芸者は、わたしもふくめて五人おりました。そのうちの三人までが、もうこの世にいない」

「おひゃく、おせん、おまん、か」

「おせんちゃんとおまんちゃんには、芸者をやめたあとも幾たびか逢っていたんです。でも、おひゃくちゃんがお千代舟に乗っていたことだけは、知らなかった。藪雨のやつに騙《だま》されたって噂は聞いていたんですけど」

「藪雨とは与一郎のことだな」

「はい。女から女へ渡りあるく浮気者でしてね、深川でも騙された芸者は数知れず。最後に貧乏籤《くじ》を引いたのが、おひゃくちゃんだったんですよ」

「どういうことだ」

「切れ話のすえに口論となりましてね、おひゃくちゃんが鋸で藪雨の頬を傷つけちまったんですよ」

このはなしは、つづきがある。

激昂《げっこう》した与一郎は、とんでもない仕返しをやった。

「おひゃくちゃんの足の指を切ったんです。逃げられないようにするためだとか聞きましたけど、そのあと、ふたりがどうなったかは知りませんでした。足の指を切られて、舟饅頭になるしかなかったんだとしたら、なんてひどい一生だろうって、おひゃくちゃんが可哀相で仕方ありませんよ」

勘兵衛も銀次も菊恵も、深々と溜息を吐いた。

「旦那、三人の命を奪ったのは、黒木兵馬にきまっているんです」

――死んでも許さぬ。

という台詞が耳に焼きついて離れず、夜もおちおち眠れない。

自分も三人とおなじ運命をたどるにちがいないと、おいちは弱音を吐いた。

「おいち、座敷に呼ばれた芸者は五人と申したな。ほとけになった三人とおぬし、もうひとりは誰だ」

「おふうちゃんですよ」

どきんと、鼓動が鳴った。

そんな予感がしていたのだ。

「菊恵姐さんにお聞きしたら、新川河岸で縄暖簾《なわのれん》をやっているそうですね。庖丁人の旦那といっしょになってからさきは、疎遠になっていたもので。おふうちゃんのこと、旦那もよくご存じなんでしょ」

おいちの声が遠ざかり、雨音に掻きけされた。

おふうの身が案じられてならない。

勘兵衛はふいに立ちあがるや、自身番を飛びだした。

八

月代が雨に濡れるのも構わず、泥撥《は》ねを飛ばして駆けぬけた。
川の水位はあきらかに上昇しており、艀《はしけ》に載った酒樽が大きくみえる。
暮れ六つまえだというのに、新川河岸の一帯は闇につつまれていた。
赤提灯はひとつも点《つ》いていない。
呑んべえ横丁は死んだように静まりかえっている。
胸騒ぎをおぼえながら、四つ辻を曲がった。
曲がったさきが「浮瀬」である。
「ん」
正面の障子戸が開いていた。
突風が吹きぬけ、雨が真横から叩きつけてくる。
「おふう」
勘兵衛は鋭く叫び、戸口に迫った。
刹那、闇の破孔から、人影が躍りだしてきた。

「ぬおっ」

白刃が閃く。

月代の伸びた浪人だ。

酷薄な悪相をしている。

初太刀を躱《かわ》した途端、ぐきっと足を挫《くじ》いた。

「死ねい」

中段から突きがくる。

躱しきれず、鬢《びん》を削られた。

「くっ」

鮮血が散る。

傷口から流れる血が、雨に洗いながされた。

浪人は一歩退がり、刀を上段に振りあげる。

金壺眸子《かなつぼまなこ》を瞠《みは》り、黄色い乱杭歯を剝きだした。

「役人か、臨時廻りだな」

「おぬしは誰だ」

勘兵衛は背中に手をまわし、十手を引きぬいた。

「おふうをどうした」

「知りたいのか。ふん、迂闊《うかつ》だった。女将の情夫が役人だったとはな」

「誰に頼まれた。与一郎か、それとも、黒木兵馬か」

「読みはいい。なれど、詰めが甘い。それが命取りになる」

「おぬしが女たちを殺ったのか」

「さあな」

浪人は、横に動く気配をみせた。

突きでた咽喉仏を上下させ、雨粒を呑んでいる。

「逃げるのか。わしを斬らなんだことを後悔するぞ」

「ふっ、おもしろい。斬ってやるさ。ふりゃ……っ」

気合一声、上段から袈裟懸けが襲いかかってきた。

紙一重のところで躱すや、中段の突きがくる。

「へやっ」

勘兵衛はまたも躱しきれず、左肩を剔られた。

「ぬう」

指先まで痛みが走る。

が、金瘡はまだ浅い。

「死ね」

刃風とともに、袈裟懸けがきた。

勘兵衛は十手で弾き、独楽《こま》のように回転する。

「くらえ」

相討ちを狙った乾坤一擲《けんこんいってき》の一撃が、相手の頬げたをとらえた。

浪人は上体を仰けぞらせ、どしゃっと地べたに落ちる。

勘兵衛は毛臑《けずね》を剝き、慎重に近づいた。

浪人の肩が、ぴくっと動く。

そして、ゆらりと立ちあがってみせた。

頬は腫れあがり、口から血を流している。

骨が折れたにちがいない。

「太刀筋をみせてもらった。女たちを殺めたのは、おぬしだな」

勘兵衛は十手を握りなおし、把手にぺっと唾をかけた。

「そうとわかりゃ、容赦はしねえ」

「けっ、だからどうした」

浪人は怒りの眸子で睨みつけ、袖をひるがえした。

雨粒を弾きつつ、抜け裏にむかって猛進してゆく。

「野良犬めが」

勘兵衛は挫いた足を引きずり、見世のなかに倒れこんだ。

「おふう、おふう」

誰もいない。血の臭いもしない。

どうしたのだ。助かったのか。

と、そのとき。

泥撥ねを飛ばす跫音が、四つ辻のほうから近づいてきた。

勘兵衛は十手を握り、身構えた。

大男の影が、ぬっとあらわれた。

隻腕の男だ。

「旦那」

「雁次郎か」

「へい」

「おふうはどうした」

「旦那のお宅へお連れしやした」

　妙な男の影がちらついていたので、機転を利かせたらしい。

「そうか、おめえがおふうを救ってくれたんだな。恩に着るぜ」

「てえしたことじゃありやせん。それより旦那、ひでえ怪我をしていなさる」

「おれのことはどうだっていい」

「そうはいかねえ。さ、背中に」

　雁次郎は屈みこみ、幅のひろい背中をむけた。

　この男なら、左腕一本でも担いでいってくれるにちがいない。

「それじゃ、甘えるとするか」

「お願えしやす」

　軽々と負ぶわれた。

「仁徳先生のところまで、突っ走りやすぜ」

「ああ、そうしてくれ」

　雁次郎は泥濘《ぬかるみ》をものともせず、疾風《はやて》のように走りつづける。

　勘兵衛は心地よい揺れを感じながら、途中で意識を失った。

九

雀の鳴き声で目が醒めた。

障子越しに朝の光を感じる。

「綾乃、綾乃はおらぬか」

褥《しとね》に半身を起こした途端、ずきっと痛みが走った。

左肩から胸にかけて、晒布《さらし》できつく縛ってある。

鬢も疼《うず》いた。

浪人に削られたことをおもいだす。

障子が引きあけられ、綾乃が顔をみせた。

「父上、おやすみになってください」

「そうもしておられぬ」

「幸い、傷は浅うございましたが、動けばせっかく縫った傷口がひらきます。ひらけば膿《う》んでしまうこともありましょう」

「説かれるまでもないわ。それより、おふうはどうした」

「お帰りになられましたよ」

「なにっ」

「お引きとめしたのですが、これ以上ご迷惑は掛けられないと仰って」

「莫迦《ばか》な、おふうは命を狙われておるのだぞ」

「まさか、そんな」

「おまえに黙っておったわしがわるい。今からでも遅くない。呼びもどしてこい」

「無理です。あれだけ引きとめても、頑なに拒んだのですから」

綾乃は、唇《くち》もとをぎゅっと結んだ。

「父上、おふうさんをどうなさるおつもりですか」

「なに」

単刀直入に突っこまれ、勘兵衛は絶句した。

「仁徳先生は、おふうさんといっしょになればよいと仰います。おふうさんも、父上を好いておられるご様子。肝心の父上のお気持ちが、綾乃にはわかりません」

「さようなことを論じているときではない」

「いいえ、この際ですから、はっきりさせてください」

綾乃がこれほど食いさがってくるのもめずらしい。

勘兵衛は傷の痛みも忘れ、ふうっと溜息を吐いた。

「そなたは、どうなのだ」

「どうとは」

「父がこの年で所帯をもつのを、どうおもう」

「年が何だと申されるのです。世間がどうみようと、わたしは気にしませんよ。父上さえそのご存念なら」

「母のことは」

「綾乃は母上のお顔を知りません。淋しいとか、口惜しいとか、そんな気持ちは微塵《みじん》もありませんよ」

「さようか」

「おふうさんなら、かえって安心できるかもしれない」

それは、安心して自分が嫁いでゆけるという意味だろうか。

勘兵衛は、強い力で背中を押されたような気がした。

「ともあれ、今はおふうを」

「ご安心ください。鯉四郎さまが見張っておられます」

「鯉四郎が」

「はい、すっぽんの親分と交替で。おふうさんはご存じないとおもいますよ」

「さようか」

「おふうさん、とっても恐縮しておられました。それに、父上のご容態をご案じになられておいでしたよ。でも、こちらには仁徳先生とわたしもおりますから、ご自分には出る幕がないと仰って、後ろ髪を引かれながら帰られたのだとおもいます」

「ほかには、なにか申しておったか」

「父上がお目覚めになられたら、くれぐれもご無理はなされぬように。そう、お伝えしてほしいと。それから、わたしにもありがとうと、泣きながら仰いました」

　勘兵衛は、むっくり起きだした。

「父上」

「無理はせぬ」

「でも」

「案ずるな、行かねばならぬところがある」

　勘兵衛が羽織の袖を通すのに苦労していると、綾乃はみるにみかねて手伝ってくれた。

「こうして巻羽織を着て、朱房の十手を帯に差せばしゃんとする。それが十手持ちというものよ」

「卵粥《たまごがゆ》でもつくりましょう」

「お、たのむ。それとできれば」

「御酒ですか」

「少々なら、かまうまい」

「お猪口に三杯程度なら」

「せめて一合」

「いけません」

「わかった、おまえの言うとおりにする」

娘に叱られ、勘兵衛は素直に頷いた。

一刻も早く、おふうを安心させたい。

その一念が、胸いっぱいに膨らんだ。

――静、どうおもう。

問いかけても返事はない。

好きにせよということか。

勘兵衛は濡れ縁にすすみ、中庭に目を移した。

簀戸《すど》が開き、隻腕の大男がのっそり近づいてくる。

「雁次郎か」

「へい、旦那のお役に立てればと」

「そうか、すまぬな」

曇天の狭間に青空がみえる。

朝露を吸った芍薬の花が、みごとに色づいていた。

十

勘兵衛は雁次郎を伴い、四谷塩町にむかった。

黒木兵馬の旗本屋敷は、長善寺の竹林を背にしている。

笹寺と呼ばれるだけあって、それはみごとな竹林が風にさわさわと揺れていた。

番士の出仕は三日に一度、非番と見込んでの訪問であったが、黒木は留守をしていた。

案内の小者に問うと、昨夜は宿直《とのい》で、主人の帰宅は巳《み》ノ刻ごろらしい。

勘兵衛はそれとなく帰宅の道筋まで聞きだし、礼を告げて表門を離れた。

巳ノ刻までは小半刻もない。黒木は中間《ちゅうげん》ひとりを伴い、大路を避けながら帰ってくる。

教えられた帰路の途中には人目につかぬ四つ辻もあり、勘兵衛にしてみれば好都合であった。

「雁次郎、ちと手荒なまねをせねばならぬ」

「覚悟のうえでさあ」

「笹寺の東隣に稲荷の祠があったな」

「熊笹に埋もれた淋しい祠でやすね」

「そこに黒木を連れこもう」

「承知しやした」

「人目を避け、迅速にな」

しばらくすると、裃《かみしも》姿の侍が中間をしたがえてやってきた。

まちがいあるまい。

勘兵衛はふたりをやり過ごし、背後から声を掛けた。

「もし、黒木兵馬どのの主従とお見受けいたすが」

ふたりが足を止めるのと同時に、勘兵衛は身を沈めた。

十手ではなく、刃引き刀を抜きはなつ。

一閃、中間の首筋を叩いて昏倒させ、黒木の懐中に飛びこんだ。

「うぬっ、くせもの」

鯉口《こいぐち》を切る暇も与えず、刃引き刀を薙ぎあげる。
「きょっ」
首の急所を叩かれた黒木は、白目を剝いて頽《くずお》れた。
雁次郎は中間を物陰に片づけ、黒木を軽々と担ぎあげる。
そして土埃《つちぼこり》を巻きあげ、疾風のように駆けていった。
勘兵衛は挫いた右足を引きずり、笹寺にむかった。

――しし、しししし。
今日も藪雨が鳴いている。
空は厚雲に覆われ、いましも雨が落ちてきそうな気配だ。
黒木兵馬は後ろ手に縛られ、祠の支柱に繋がれていた。
観音扉を閉めれば、祠は暗転する。
漆黒の闇に浮かぶ御本尊は、顔の半分欠けた白狐だ。
勘兵衛は灯明《とうみょう》を点け、黒木の覚醒を待った。
雁次郎は不動よろしく、胡座《あぐら》を搔いている。

隻眼でぎろりと睨まれれば、縮みあがらぬ者はおるまい。

やがて、黒木は目を醒ました。

「うおっ」

白狐をみてまず驚き、雁次郎をみて暴れだした。

「誰か、誰か、助けてくれ」

悪夢をみさせられているようなものだろう。

騒ぎがおさまるまで、勘兵衛はじっと待った。

ようやく、黒木は静かになった。

虜囚であることに気づいたのだ。

「さて、あまりときがない」

勘兵衛が灯明を近づけると、黒木は顔を背けた。

「くそっ、何者だ、おぬしは」

「三途の川の渡し人さ」

「なんだと」

「そっちの出方次第じゃ、処遇を考えてやってもいい。知りたいことがひとつあってな、そいつに応えてくれたらのはなしだ」

「知りたいこと」

「おぬしは浪人者を雇い、女たちを斬らせた。おひゃく、おせん、おまん……知らぬとは言わせぬぞ。浪人者の姓名と居所を教えろ」

「知らぬ、わしは何も知らぬ」

「さようか」

刹那、雁次郎の太い腕が唸《うな》りをあげた。

ぼこっと鈍い音が響き、黒木が床に転がる。

灯明を翳してみると、鼻が途中から曲がっていた。

勘兵衛が折れた鼻を摘み、ぐきっと捻《ひね》ってやる。

「痛っ……や、やめろ、やめてくれ」

黒木は元どおりになった鼻から、鼻血を滴らせた。

「ろ、浪人の名は……こ、小《こ》宮山《みやま》重吾《じゅうご》だ。上州の出という以外、素姓はわからぬ。居所も知らぬのだ……し、信じてくれ」

「ならば、どうやって小宮山と連絡《つなぎ》を取る」

「与一郎という小悪党が、仲立ちをやっている」

「なに」

「こちらから用のあるときは、菖蒲河岸の船宿まで出向く」

「船宿の名は」

「竹屋だ。日のあるうちに出向けば、小悪党はたいてい寝ておるわ」

「菖蒲河岸か」


浜町河岸から高尾稲荷にむかう道筋だ。何度もそばを通りながら、見落としたことが悔やまれた。

一刻も早く銀次に報せ、手を打っておかねばならない。

勘兵衛が顎をしゃくると、すぐにそれと察した雁次郎が立ちあがり、祠の外に飛びだした。


黒木はほっと溜息を吐き、こちらを睨みつけてくる。

「わしをどうする気だ」

「そのまえに確かめておきたい。与一郎との腐れ縁はいつからだ」

「五年前、やつはふらりとあらわれた。おぬしらのように、四つ辻で待ちぶせしておったのさ」

「ほう」

「誰に聞いたのか、十五年前の宴席でわしが恥を掻かされた一件をもちだした。三十両払えば、恨みを晴らしてやってもいいという。最初は一笑に付したが、やつは蛇のようにしつこかった。何度かはなしを聞くうちに、わしもその気にさせられた。そしてあるとき、小宮山重吾を紹介されたのだ」

「上役の田中八十助、札差の西松屋徳右衛門、いずれも、おぬしが殺らせたのだな」

「やつらが勝手にやったことだ」

「おぬしは金を払った。殺しの代金を払えば、殺ったも同然さ」

「わしだって脅されたのだ。何やかやとせびられて、その都度、小金を払いつづけた。勘弁してほしいと頼んだら、五十両で手打ちにしようと持ちかけられた。何の因果か、ちょうどそのころ、札差の接待で仲町の茶屋へ遊びにいった。そこで、市助という芸者に邂逅し、十五年前のことを蒸しかえされた」

「おぬしは頭に血をのぼらせ、菖蒲河岸の竹屋に出向いた。五十両を払うかわりに、女たちの殺しを依頼した」

「ひとり十両、安いものだろうと、与一郎は言ったのだ」

「なるほど、それが顛末か」

「もしや、おぬしは捕り方か」

「そうだよ」

「町奉行所の捕り方なら、旗本に縄を打つことはできまい。鼻の骨を折りおって、このような所業が許されるとおもうのか」

「鼻の骨がどうした。てめえは人の命を奪わせた悪党なんだぜ」

「証しは、証しはあるのか」

「んなものは、どうだっていい。てめえにゃ、もう用はねえ」

勘兵衛は、ゆらりと立ちあがった。

「おい、待て。わしはどうなる」

「腹を切れ。そうすりゃ、家名の断絶だけは免れよう」

「いやだ、断じて腹など切らぬぞ」

「それなら、目付に上申するまでだ。おぬしは閉門蟄居《ちっきょ》を命じられるぞ。それからしばらくして召放《めしはなち》の沙汰が下り、黒木の姓は武鑑から消される。そうなりたくなければ、腹を切れ。武士として死なせてやろうというのだ。ほれ」

勘兵衛は、黒木の大小を抛った。

黒木は歯軋《はぎし》りしながら、悔し涙を浮かべてみせる。

「家人には伝えておいてやる。黒木兵馬がこの祠で腹を切ったことをな。案ずるな、理由は誰かが適当につけてくれるさ」

「く、くそっ」

「生き恥をさらすなよ、ほかに道はないのだ。ではな、わしは行かねばならぬ」

「待ってくれ、頼む、助けてくれ」

小心者の悪党は、声をかぎりに叫びつづけた。

が、その声は、時雨《しぐれ》のような藪雨の鳴き声に掻きけされてしまった。

「許せぬ」

どうあっても、与一郎は生かしておけぬ。

勘兵衛は口を真一文字に結び、右足を重そうに引きずった。

十一

むっとするような蒸し暑さだ。

道端に捨てられた屍骸も、半刻足らずで腐臭を放つであろう。

さきほどから、金瘡が疼いている。

「満身創《そう》痍《い》とはこのことだな」

勘兵衛は自嘲した。

七つ刻になり、雨が落ちてきた。

鯉四郎を連れ、菖蒲河岸に足をはこんでいる。

轟々と音を起てているのは、浜町堀の泥水だ。

落ち口に吐きだされ、濁流となって渦巻いている。

むかし中洲のあった浅瀬には、海鳥が飛来していた。

餌になる魚でもいるのだろうか。中空から弧を描いて突っこんでは、灰色の川面に水飛沫《しぶき》を巻きあげている。

そういえば、おふうが夢のはなしをしてくれたことがあった。

時折、みる夢のはなしだ。

それは白波が岩礁に当たって砕けちる冬の海であるという。

物心ついたときから江戸に暮らしているので、敢えて意識したことはない。ただ、夢にみる風景がどこなのか、実際にみた風景なのかどうか、ずっと知りたいとおもっていたらしい。

そうしたおり、幼いころに亡くなった母を知る人物があらわれた。直接の知りあいではないものの、その人物の口振りから、母の生まれ故郷が能登半島の東の付け根にある氷見《ひみ》湊であるらしいことがわかった。

母は拠所《よんどころ》ない事情で故郷を捨て、冬の北国《ほっこく》街道を越中から越後《えちご》へむかわねばならなかった。日本海の海岸線をすすむ越中路には、市振《いちぶり》から二里にわたって断崖絶壁の連なる難所が控えていた。親不知《おやしらず》である。

母は乳飲み子の自分を抱えていたのだ。夢に出てくる壮絶な風景は親不知にちがいないと、おふうは目を輝かせた。

濁流に海鳥が飛ぶ景色を眺めながら、勘兵衛はそんなはなしをおもいだした。

もうすぐ、すべてが解決する。鬱陶しい気分から解放されるにちがいない。

木陰から船宿を睨みつけた。

銀次はひとあしさきに足をはこび、気づかれぬように探りを入れている。

船宿「竹屋」の一隅に、狙う獲物は潜んでいた。

「二匹おりやすよ」

一匹は小宮山重吾にまちがいなかった。釣り竿《ざお》を担いで船宿の裏手にむかい、半刻ほど釣り糸を垂れていたのだ。顔の半分に晒布を巻いていた。

銀次が遠くから様子を窺っていると、船宿の親父が小宮山にむかって、お連れさんがみえたよと、大声で怒鳴ったらしい。

「ええ、たしかに、親父はそう言いやした」

ただし、銀次は二匹目の獲物を目にしたわけではない。与一郎かどうかは判然としなかった。一抹の不安はあったが、おふうのもとに雁次郎と三平をのこしてきたので、まず、心配はあるまい。

「船宿の親父は耳の遠い男で、生きているんだか死んでいるんだかわかりやせん。女将は余計なことはいっさい喋らねえ。口が堅《かて》えというよりも、世間に関心がねえ。もっと言えば、生きるってことに興味のねえ変わった女のようで」

「そんなふうだから、悪党の巣につかわれるのだ」

「ま、そういうこってす」

「ほかに客は」

「おりやせん」

「よし、踏みこむか」

「合点で」

「鯉四郎、小宮山は手《て》練《だ》れだぞ」

「袈裟懸けに、突きですね」

「心して掛かれ」

「は」

鯉四郎は柄頭《つかがしら》を握りしめ、大刀をぐいっと帯に捻《ね》じいれた。

勘兵衛は手負いだけに、偉丈夫の助っ人がいつにもまして心強くみえる。

銀次を万一の備えにのこし、勘兵衛と鯉四郎は表口にまわった。

耳の遠い親父を無視し、疳《かん》の強そうな女将を差しまねく。

「客の部屋を教えてくれ、わるいようにはせぬ」

十手を翳すと、女将は表情も変えずに奥の部屋を指差した。

「ひとりか、ふたりか、どっちだ」

女将は黙したまま、指を二本立てる。

「ふたりか、よし」

勘兵衛は、鯉四郎に頷いた。

船宿「竹屋」に二階はない。井桁《いげた》に組んだ土台のうえに平屋が建ち、地下の穴蔵は船寄せになっている。表の地べたには菖蒲が群生していた。部屋には窓がひとつあり、窓のむこうは川だ。逃げようとおもったら、飛びこむしかない。

鯉四郎は隣部屋に忍びこみ、川への逃げ口をふさぐべく、土台の丸太を伝って窓の下に潜んだ。

頃合いやよしとみた勘兵衛は、障子戸を蹴破った。

「神妙にいたせ」

叫んだ途端、息を呑む。

畳に褥が敷かれ、猿轡《さるぐつわ》を咬《か》まされた女が俯せに寝かされていた。

腰巻きを剝ぎとられ、小宮山に背後から陵辱されているのだ。

苦痛に歪んだ顔には、見覚えがあった。

「おいちか」

川側の窓から、鯉四郎が乗りこんでくる。

「うらああ」

小宮山は唸りあげ、おいちを蹴飛ばした。

枕もとから刀を拾い、しゅっと抜きはなつ。

が、遅い。

白刃は空を斬った。

「はあ……っ」

鯉四郎が牛若のごとく舞い、大上段から刀の峰を落とす。

峻烈《しゅんれつ》な一撃は、瘤《こぶ》のように盛りあがった右肩に食いこんだ。

筋と肩胛骨《けんこうこつ》を破砕され、小宮山は泡を吹いてもんどりうつ。

勘兵衛は駆けより、口に布を咬ませた。

咬ませなければ、息が詰まってしまう。

生かすのだ。

白洲に引きずりだすまでは、どんな悪党でも生捕りにする。

それが十手持ちの役目ではないかと、おのれに言いきかせる。

銀次が飛びこんできた。

「銀次、縄を打てい」

「へい」

勘兵衛は羽織を脱ぎ、おいちの肩に掛けてやった。

猿轡を外してやると、可哀相な女は畳にくずれおちた。

恐怖と屈辱で喋ることもできず、泣くこともできない。

「もう大丈夫だ。おめえは生きぬいた」

勘兵衛が背中をさすってやると、おいちの顔に生気がもどった。

「旦那……あ、ありがとうござります」

「礼を言われちゃ困る。おめえのことをちゃんと守ってやらずに、すまなかったな。このとおりだ、勘弁してくれ」

「旦那、やめてください」

おいちに肩を揺すられ、勘兵衛は顔をあげた。

「おめえをここに連れてきた野郎は、どうした」

「与一郎ですね」

「ああ」

「そこの野良犬と取り分で揉め、わたしの目の前で斬られたんですよ」

「なんだと」

「血の臭いがしませんか、あのあたりに」

おいちの指差したところに、血だまりができていた。

「野良犬が刀を抜いたので、与一郎は脱兎のごとく逃げようとしました。でも、背中を斬られたんです」

「死んだのか」

「たぶん。ちゃんとはみておりませんけど。わたし、目を瞑《つむ》っておりましたから。ざぶんと水音が聞こえ、野良犬がつぶやいたんです。あの金瘡では助かるまいと」

「深手を負ったのだな」

しかし、水に飛びこんだ時点では生きていた。

波に呑まれてしまったか、深手を負いつつも逃げのびたか。

いずれにしろ、川の周辺を捜索してみる必要はありそうだ。

「与一郎が飛びこんだのは、いつごろのはなしだ」

「一刻ほどまえになりましょうか」

ちょうど雨が激しく降りだしたころで、銀次は気づかなかった。

ふたりが争う声も、与一郎が川に落ちたときの水音も、ことごとく、雨音に掻きされてしまったのだ。

十二

七日経った。

黒木兵馬は切腹し、小宮山重吾は斬首された。

もはや、この世にいない。

ただ、与一郎の消息だけがわからなかった。

与力の門倉角左衛門に頼み、捕り方を総動員してもらった。橋廻りの所有する十人乗りの鯨舟を手配させ、沖合いの捜索もおこなったが、屍骸はみつからなかった。

濁流に呑まれ、海の藻屑《もくず》と消えてしまったのかもしれない。

おおかたの見方はそれで一致したが、勘兵衛だけはそうおもわなかった。

与一郎は生きている。きっと、どこかで息を吹きかえしたにちがいない。

勘兵衛はろくに眠りもせず、おふうの身辺を警戒しつづけた。本人が嫌がるので、知らせずに外で張りこみ、夜を明かしたこともある。鯉四郎と銀次、雁次郎や三平も、みるにみかねて手伝ってくれた。

今宵はひとりだ。

鯉四郎も銀次も、人相書に描かれた御下知者《ごげちもの》を追いかけている。

逢魔刻《おうまがとき》、日本橋の大店が押し込みに遭った。大胆にもその男は上がり框《かまち》に飛びのり、帳場格子を蹴倒すや、帳場に座った番頭の胸倉をつかんで売上金を奪った。そして、平然と逃げさった。奪った金額は二十両余り、捕まったら打ち首は免れない。

大胆な手口の盗人《ぬすっと》は、通称を仏法僧《ぶっぽうそう》といった。

勘兵衛の懐中にも人相書はある。

なるほど、尖った大きな両耳がみみずくの羽角《うかく》に似ていた。

捕り方は江戸に網を張り、威信を懸けて仏法僧を追っている。おおかた、徹夜覚悟の追跡となろう。みなに申し訳ない気もするが、勘兵衛は今夜も「浮瀬」の見張りを優先させた。

日付の変わる子《ね》ノ刻《こく》も近づいたころ、ざっと雨が落ちてきた。

暗澹《あんたん》とした新川はさざめき、川風が癒えかけた鬢の傷口を撫でてゆく。

馴染みの客はひとり、またひとりと家路につき、見世にのこった数人の客も、おふうに別れを告げている。

亥ノ刻には帰るはずのおこまが、今日は帰らずに手伝っていた。

雁次郎が迎えにくるのだなと、勘兵衛はおもった。

耳を澄ませば、遠くで呼子が鳴っている。

仏法僧がみつかったのだろうか。

勘兵衛は眉をひそめ、黒羽織の襟《えり》を寄せた。

こんなところで雨に打たれながら、何をしているのだろう。

警戒したいなら「とっときの席」に座り、盃をかたむけていればよいものを。

そんなふうにもおもうのだが、おふうと面と向かうのが何となくためらわれた。

――おれはおめえが好きだ。おめえさえよければ……。

おふうの秘密を聞き、おもわず口走った台詞が、頭のなかを駆けめぐっている。

後悔はしていない。ただ、そのさきのことばを問われたら、どう応えてよいものか。いまだに、明確な返答をする自信がないのだ。

川岸のほうから、都々逸が聞こえてきた。

「……年はとっても浮気はやまぬう、やまぬはずだよ先がない、とくら、ぬはは」

泥酔した浪人者が、千鳥足で近づいてくる。

危なっかしくてみていられない。

無視していると、別の人影が浪人とすれちがった。

肩と肩がぶつかり、浪人が怒鳴っている。

「下郎、成敗《せいばい》してくれる」

ふらつきながらも、刀の柄に手をかけた。

人影は逃げもせず、懐中から光るものを抜いた。

匕首《あいくち》か。

勘兵衛は物陰から飛びだした。

「こら、やめろ」

人影が振りかえった。

羽角のように両耳が立っている。

「てめえ、仏法僧か」

勘兵衛は十手を抜いた。

「しゃらくせえ」

仏法僧は、酔った浪人を川に蹴落とす。

「うわっ」

どぼんと、水飛沫があがった。

勘兵衛は膝を繰りだし、間合いを詰めた。

「ふん、臨時廻りの老い耄《ぼ》れ役人か」

仏法僧は逃げずに、匕首を握って身構えた。

やる気らしい。みずからの力量を過信しているようだ。

勘兵衛は両手をだらりと下げ、わざと隙をみせながら近づいた。

「寄るな、老い耄れ」

「そうはいかぬ」

「刺すぞ、本気だかんな」

「やってみろ、ほれ、ここを狙え」

左胸を突きだすと、仏法僧は低い姿勢で地面を蹴った。

「うあああ」

九寸五分の白刃を逆しまに立て、頭から突きかかってくる。

「ほい」

勘兵衛はひらりと躱し、十手の先端で右籠手《こて》を叩いた。

「ぎぇっ」

仏法僧は匕首を落とし、左手で右手首を押さえて蹲る。

すかさず、臑に一撃を食らわした。

「ぐふっ」

盗人は痛みに耐えかね、泥濘を転げまわる。

「莫迦め」

勘兵衛は馬乗りに乗りかかり、早縄を打った。

呼子を口にくわえ、おもいきり吹いてみせる。

鋭い音色が闇を裂いた。

すぐさま、対岸に御用提灯があらわれた。

「こっちだ、急げ」

鎖鉢巻きをした小者数人が、二の橋を迂回《うかい》してやってくる。

勘兵衛と盗人のすがたをみとめ、小者たちは姿勢を正した。

「長尾さま、そやつは人相書の」

「さよう、仏法僧だ」

「お手柄にござります」

小者のひとりは見知った顔の男だ。

勘兵衛は厳しい口調で告げた。

「手柄はくれてやる。こやつを大番屋に連れてゆけ」

「長尾さまもどうか、ごいっしょに」

「それができぬから申しておるのだ」

「かしこまりました」

「頼むぞ」

小者たちは、仏法僧を引ったててゆく。

ほっとひと息ついたところへ、ずぶ濡れの浪人が川から這いあがってきた。

「忘れておったわ。大丈夫か」

浪人は仰向けにひっくり返り、土手際で鼾《いびき》を掻きはじめた。

勘兵衛は浪人の足首を引きずり、木陰に移してやった。

これ以上、面倒はみきれない。

木陰から「浮瀬」の様子を窺った。

見世からは灯りが漏れている。目を離した時間はさほどでもない。

さきほどまであった客の笑い声は聞こえず、ひっそり閑と静まりかえっている。

「妙だな」

勘兵衛は、胸騒ぎをおぼえた。

突如、帛《きぬ》を裂くような悲鳴が響いた。

十三

駆けよせて油障子を引きあけ、見世のなかに飛びこんだ。

「寄るんじゃねえ」

怒声を発する男の頰には、むごい傷痕がある。

「与一郎」

「ふへへ、おめえがへっぽこ同心か。おふうの情夫なんだってなあ。おっと、近寄るんじゃねえぞ。こいつの咽喉首を掻っきるぜ」

与一郎は、おこまを左腕に抱えていた。

おふうは土間に俯し、昏倒しているようだ。

客はいない。

「おふうをどうした」

「心配えすんな。生きてるよ」

撲《なぐ》りたおしたら、気を失ったのだ。

「旦那、助けて」

おこまは震えながら、泣きべそを掻いている。

与一郎の眸子は逆吊り、血走っていた。

顔色は蒼白で、唇もとがやけに赤い。

勘兵衛は冷静に質した。

「与一郎、何が欲しい」

「そのめえに、腰の大小と十手を捨てな。さもねえと」

「わかったから、おこまに手を出すな」

帯から大小を抜き、十手ともども抛りなげる。

「へへ」

与一郎は、匕首を握る手をゆるめた。

「さあ、何が欲しいか言ってみろ」

「銭だ。まとまった銭が欲しい」

「それなら、用意してやる。ときをくれ」

「不浄役人の言うことなんざ、信用できねえ」

「ならば、どうせよというのだ」

「わからねえ。くそっ、頭が真っ白になってきやがった」

「お縄につけ。そうすりゃ楽になるぞ」

「ふへへ、首を斬られりゃ、そりゃ楽になるわなあ」

「遠島で済ませてやる」

「あんだと」

「匕首を捨てれば、罪一等を減じるよう願いでてやろう」

「余計なお世話だ。ふん、考えてみりゃ、生きるのも面倒になった」

「なにを抜かす」

「背中の傷が膿んじまってなあ、脳味噌まで腐っちまいそうだ。もう、生きててもしょうがねえ」

　与一郎の顔から、すうっと血の気が引いた。

まるで、死人のようだ。

「頭が痛え」

白目を剝き、後ろに倒れかける。

匕首の刃が、白い咽喉もとに引っかかった。

「きゃっ」

おこまの悲鳴に反応し、与一郎は正気にもどった。

勘兵衛の額には、玉の汗が吹きだしている。

「与一郎、おれを刺せ。おこまは放してくれ、頼む、このとおりだ」

深々と頭《こうべ》を垂れた。

「うひひ、土下座してみろ」

「わかった」

勘兵衛は裾《すそ》を端折《はしょ》り、土間に両手をついた。

「てめえは犬だ、わんと言え」

「やめて、旦那、もうやめて」

おこまは泣きさけび、与一郎に平手で頰を張られた。

勘兵衛は両手をつき、顎をくっと突きだした。

「わん」

「うひゃっ、吠えやがった。つぎは、おいらの足の裏でも舐めてみるか」

勘兵衛は膝を躙《にじ》りよせた。

「おっと、近づくな。遊びはこのくれえにしておこう」

「どうする気だ」

「死ぬのさ、こいつを道連れにな」

「やめろ」

勘兵衛よりも早く、横から人影が飛びかかった。

「ぬわっ」

与一郎は横倒しに倒れ、顳顬《こめかみ》を床几《しょうぎ》の角に打ちつける。

ぐきっと、鈍い音がした。

土間に転がり、ぴくりとも動かない。

首が妙な方向に曲がっている。

おこまは放心した顔で、へなへなとその場に頽《くずお》れた。

「おふう」

勘兵衛は跳ねおき、おふうのもとへ駆けよった。

心ノ臓が早鐘を打っている。

おふうを抱きおこすと、横腹に深々と匕首が刺さっていた。

「しっかりせい、おふう」

匕首を抜けば、失血がひどくなるだけだ。

一刻も早く、止血しなければならぬ。

勘兵衛は布を裂きながら、大声で叫んだ。

「おこま、隣の親父に声を掛けろ。湯をはこんでこさせるのだ。おめえは仁徳を呼んでこい。死ぬ気で走れ。自分でだめだとおもったら、誰かに事情をはなして頼め。行け、早く行け」

「は、はい」

おこまは、だっと外へ飛びだした。

おふうが震える手で、勘兵衛の手を握りしめる。

「旦那……お、おこまちゃんは」

「助かったぞ、安心しろ」

「そうですか……よ、よかった」

「おめえも生きるんだ、死んじゃならねえ」

「ああ、わかってる。おめえさえよければ、いっしょになろうな。だから、もう喋らねえでくれ。喋れば傷口がひらいちまう」

おふうはこっくり頷き、安心したように目を瞑った。

ひと滴の涙が、白い頬を伝ってこぼれおちる。

「おふう、しっかりしろ。芍薬を、庭の芍薬をぜんぶ摘んでやる。だから、死ぬな、死なんでくれ」

勘兵衛は声を出さずに泣いた。

匕首は急所に刺さっている。

もはや、助かる見込みの薄いことはわかっていた。

愛しい女の血が、つぎつぎに掌からこぼれおちてゆく。

勘兵衛は神仏を恨んだ。

運命といえば、あまりに過酷な運命ではないか。

十四

仁徳も綾乃も、できるだけの手は尽くした。

生死の境を行きつ戻りつしながら、おふうは三日三晩がんばった。

しかし、二十三夜の願掛けも虚しく、翌朝、還らぬひととなった。

一瞬だけ奇蹟が起こり、おふうは意識を取りもどした。

そして、親不知のことを嬉しそうにはなしてくれた。

――夢のなかに、おとっつあんもいたのよ。

乳飲み子はねんねこにくるまれ、母に抱かれて親不知を越えた。

先導役は父だったにちがいない。親子三人で日本有数の難所を越えたところから、おふうの人生は始まっていたのだ。

おふうは勘兵衛の手を握り、礼を言ってくれた。

――旦那、わたしを好いてくれて……ありがとう。

その台詞が耳から離れない。

仮通夜は、勘兵衛の屋敷で取りおこなわれた。

故人の人柄を偲《しの》び、大勢の弔問客が訪れた。

誰もが驚いたのは、褥に寝かされたおふうが純白の綿帽子をかぶっていたことだ。

枕許には、紋付きに袴の勘兵衛が座っていた。

誰しもが、ふたりは夫婦になったのだと理解した。

口約束だけではなかった。勘兵衛がおふうにしてやったことは、親しい者たちの涙を誘った。

おこまは人目もはばからずに泣きじゃくり、雁次郎を困らせた。

仁徳と銀次は自棄酒《やけざけ》を呷り、綾乃は勝手口に隠れて泣いていた。

みんなが代わりに嘆いてくれたせいか、勘兵衛は泣けなかった。

おふうが荼毘《だび》に付されて数日は、一日中、ぼけっとして過ごした。

何をやっても手につかない。誰にも声を掛けられず、放っておかれた。

芍薬は終わり、庭の百日紅《さるすべり》に花がつきはじめた。

夕暮れ、勘兵衛はふらりと外出し、久しぶりに河岸の空気を吸ってみた。

足は自然と、新川河岸にむかっていた。

呑んべえ横丁の一角に「浮瀬」の提灯がともっている。

縄暖簾を振りわけると、いつもどおり、おふうがにこやかに迎えてくれた。

「旦那、お待ちしておりましたよ」

いや、おふうではない。

声の主はおこまだった。

調理場には雁次郎がいる。

ふたりに頼んで、おふうの遺志を継いでもらったのだ。

おふうはいつも、死ぬまで「浮瀬」をつづけたいと言っていた。

おこまと雁次郎が、これからは「浮瀬」を切りもりしてゆかねばならない。

馴染みの連中も、そのことをのぞんでいた。

おふうの痕跡が新川河岸から消えるのが、淋しいのだ。

まだ早いので、見世に客はひとりもいない。

「旦那、よくいらしてくださいましたね」

おこまは涙目で言い、洟水《はなみず》を啜《すす》った。

「女将さんから、お好みは聞いておりますよ」

「そうかい、なら、そいつをくれ」

「はい」

剣菱の冷や酒と、紫蘇の葉を刻んで載せた奴が出てきた。

おこまの注いだ冷や酒を、勘兵衛はたてつづけに呑みほした。

やけに沁《し》みる。

考えてみれば、通夜の晩から、一滴も口にしていなかった。

「おこまよ、おれはさんざ偉そうなことを言ってきた。けど、でえじな女ひとり守ってやれなかった」

「旦那」

勘兵衛は懐中に手を差しいれ、おふうの位牌を取りだした。

「ごめんな、おふう。おれがとろいばっかりに、おめえを死なせちまった。おれもそのうち、そっちに逝く。美味え肴でもつくって、待っててくれや」

ぽろっと、涙がこぼれた。

勘兵衛は泣きながら、豆腐を食った。

「うめえ、うめえなあ……」

涙が止めどなく溢《あふ》れてくる。

——お泣きなさんな、旦那らしくもない。

おふうの気丈な声が耳に囁《ささや》きかけてきた。

「……う、くそっ、うう」

耐えがたい悲しみが嗚咽《おえつ》となって漏れる。
やがて、それは慟哭《どうこく》に変わった。

『うぽっぽ同心十手綴り　藪雨』二〇〇七年四月　徳間文庫

中公文庫

うぽっぽ同《どう》心《しん》十《じっ》手《て》綴《つづ》り

藪《やぶ》　雨《さめ》

2023年11月25日　初版発行
2024年 2 月20日　３刷発行

著　者　坂《さか》　岡《おか》　真《しん》

発行者　安部 順一

発行所　中央公論新社
〒100-8152　東京都千代田区大手町1-7-1
電話　販売 03-5299-1730　編集 03-5299-1890
URL https://www.chuko.co.jp/

DTP　ハンズ・ミケ
印　刷　大日本印刷
製　本　大日本印刷

Published by CHUOKORON-SHINSHA, INC.
Printed in Japan　ISBN978-4-12-207439-2 C1193